隣人悪夢

怖い人②

平山夢明

ハルキ・ホラー文庫

角川春樹事務所

油断大敵、火がぼーぼー

先日、ホームで電車を待っていた女性が、いきなり見知らぬ男に腕を摑《つか》まれ線路に飛び込まされるという事件がありました。幸い、電車は止まっていたそうですが、可哀想《かわいそう》に女性は背骨を骨折するという重傷を負ったのです。男は酔っていて憶《おぼ》えていないなどと供述しているそうですが、とんでもない話じゃないですか。とてもじゃないけど信じられない。そんな怖ろしいことを酔った勢いでしでかす輩《やから》がいるとは……。

お気持ちはわかります。

でもね、残念なことにもう世の中はそうなってしまっているようなんです。もう動機もクソも何もない、ただ虫でも潰《つぶ》すように〈人を壊したがる人間〉がウロウロしているんです。

そこには何か暗い情念もなく、あるのはバランスを崩した歪《いびつ》な好奇心。

〈刺したらどうなるんだろう?〉

〈ガソリンをかけて焼いたらどうなるんだろう?〉

〈死ぬ瞬間の人ってどんな声をあげるんだろう?〉

自分の人生を生きてこなかった〈負け犬〉の心のなかには、こうした〈ヘドロのような好奇心がうずまき、他の価値あることには不感症になっているのです。

本来ですと、こうした人たちのなかには適切な治療や周囲のケアによって〈リアル〉を取り戻し、その中での自己実現に目覚めることもあるのでしょうが、そうした機会に恵まれず、ただただ機械のように無感情の砂漠の中に埋没している人たちは残念なことに、ある日突然、〈怪物化〉し、負の自己実現に躍起になるのです。

そこにあるのは他人への愛や信頼ではなく、単なる興味と支配欲。手の届かない相手や、その代わりになる者を奴隷のように扱ってみたいという痛々しいグロテスクなのです。

怖ろしいことに彼らの多くは普通の人と全く見分けが付きません。

笑顔で挨拶《あいさつ》もします。

反抗もしません。

悪ふざけをして他人を傷つけて喜ぶという単純なことで尻尾《しっぽ》を見せません。

ただただ、時限爆弾のように彼らは〈その時〉が来るのを待ち、実行の機会を窺《うかが》っているかのようです。

彼らに年齢性別の差はありません。

力のない者は武器を使い、知恵のない者はネットでどうすれば良いか調べてくるのです。

彼らの狙《ねら》いはただひとつ、〈油断している人間〉です。

ポケットのなか、カッターを握り締めた自分の手の届く範囲で無防備にしている人間を狙うのです。

エレベーターのなか、エスカレーターの上、満員電車の中、観覧車……。

これから良くなることは期待できません。

ですから、みなさんには是非、本作を読んで隙《すき》のない暮らしをして戴きたいのです。

何と言っても大切な読者のみなさんが減ってしまうことは、わたしにとっても大変に辛《つら》いのですから……。

目次

本文イラスト・小玉英章

10

想い出迷子

ジュンコは去年、生まれて初めてルームシェアというものをやってみた。

「実家が八王子の外れでしょう。せっかく、受かったショップを辞めたくなくて、最初は頑張って通勤してたんだけど……。やっぱり、ちょっと飲みとか行くと終電はなくなるわで、シンドかったのね」

せめて電車で三十分ぐらいの距離で生活できないかと考えたとき、先輩に教えて貰《もら》ったのがルームシェアだった。

「なんかそういうネットの掲示板みたいなとこがあって……」

ジュンコはさっそく何人かをピックアップするとメールを出してみた。

「割とすぐ返事がきた。けっこう、多いのが禁煙希望と彼氏のいない子を希望してるやつ。それと親の承諾書が必要ってのもあったな。きっと家出同然でシェアやって親バレで駄目になったりするのを防ぐためだろうね」

最初に軽い面接みたいなものとして渋谷辺りの喫茶店で会うのだという。

「一見して、合わないっていう人とはやっぱり難しいもんね」

ジュンコから断る場合もあったが、逆に向こうから切られることもあった。

三ヶ月経《た》っても部屋は決まらなかった。徐々に焦ってきたという。

「で、そんな時に部屋は決めてるんだけど契約してないっていう人がいたの。珍しいなと思ったんだけど」

その人は三十手前の都内の銀行に勤めるOLだったという。

「彼女が物件を提案していて、そこでどうですか？　みたいな感じだったのね」

山手線沿線、渋谷、新宿、池袋へも便利だった。ジュンコはすぐに連絡をし、次の週には面接をしていた。

「一見して大人な感じだった。ちょっと暗かったけど三十手前でキャピキャピしてるようなのは逆にこっちが引くしね」

相手はホトネと名乗った。

ホトネは是非、住んでみたい町があり、物件までみつけたのだが、ひとりではどうしても家賃が払いきれないとシェアを考えたのだという。

「場所が良《い》いモンだからね。シェアしてもそこそこの値段になってた」

問題がひとつだけあった。物件はシェアを許可している物ではないので契約はホトネ本人がするというのである。ジュンコに異存はなかった。

「だって何か問題があったら、彼女が被るんでしょう。それはそれでラッキーだと思った」

契約が済み、ホトネの引っ越しが済んだら連絡するということになっていた。ほどなくホトネから引っ越したという連絡があった。持ち物の少ないジュンコはそれから一週間後には新しい部屋から通勤していた。

「なんの問題もなかった。ホトネさんは、とても物静かで、ほとんど生活音がないんだよね。部屋に籠《こ》もるとそれっきりの人で」

快適だった。が、ある日、ホトネから彼女は注意を受けた。

「トイレにメモを貼《は》ったんだけどね」

ホトネは、この部屋はなるべく余分なものを足さない方が良いと強い口調でたしなめてきた。

「何か言い方がちょっと変だった」

ホトネは部屋に入るとき妙なことを呟《つぶや》いたという。

「ヒロキが……とか言ったんだよね。その時はよくわかんなかったけど」

ある日、ホトネがいないとき、部屋のドアが少し開いているのに気づいたという。好奇心がそれを開けさせた。

ホトネの部屋はまるで男の部屋のようだったという。

「なんかランボーとかブルース・リーのポスターなんか貼ってあってさ。まるで本当に男の部屋なの」

するとベッドサイドの上に日記のようなものがあった。ホトネの部屋の様子に驚いていた彼女はそれをめくっていた。

「そしたらさ。その部屋って、彼女の死んだ元カレが使っていた部屋だったの」

日記には死にたい、死にたいという言葉がお経のように書かれ、驚いたことにジュンコが引っ越してきてからも頻繁に自殺未遂をしているようだった。

「だって、昨日も頑張ったのにあなたの元に行けずに生きてしまったなんて書いてあるんだよ」

そして最近のページには〈あの馬鹿女、ヒロキのトイレを汚していた。許せない〉とあった。

ゾッとした。

その夜、部屋で携帯メールを打っているとノックの音がした。ホトネが青黒い顔をして立っていた。

「あなた、わたしの部屋に入った？　わたし出るとき、いつもセロテープをドアの隙間《すきま》に貼るんだけど、剝《は》がれていたの。初めてだわこんなこと」

ホトネは探るようにジュンコを見た。

「その時はシラを切り通したんだけど」

夜中にドアの前で人の気配がするようになったのは、その頃だった。

ホトネが自分の部屋のドアに耳を押しつけて気配を窺《うかが》っているような気がした。実際、ドアを開けると部屋に戻っていくホトネの姿を見かけたりもした。

ある夜、奇妙な音で目が醒《さ》めた。

「ぐえっ。ぐえっ、っていうの」

ホトネの部屋のドアの隙間から灯《あか》りが漏れていた。足音を立てぬよう、そっと近づき、覗《のぞ》き込むと本人の姿はなかった。

ぐぇっ。

足下で音がした。見るとドアの内側のノブでホトネが青黒い顔をしていた。首にロープがかかっていた。

ジュンコは悲鳴をあげるとそのまま部屋を出た。翌日、自分の道具を持って実家に帰っ

たという。ホトネからは手書きの〈裏切り証明書〉が送られてきた。

「きっと今でも自殺しようと頑張ってるんだと思う。誰か別のシェアの子を見つけて。あの人はいつか死ねれば良いんだって、聖域になった元カレの部屋から離れたくないだけなのね」

いまでもホトネから毎月〈元気ですか〉とメールが来る。

棒猫

「ほんとは、もっと安いアパートのほうが良かったんだけど……もうちょっと怖いのはこりごりだから……」

チサトさんはそう溜息《ためいき》をついた。

彼女が長年、住み慣れたアパートからの引っ越しを決めたのは去年の暮れ。

「学生時代からずっと住んでた町だったんで離れたくなかったんだけどね」

彼女が住んでいたのは築四十年の木造モルタルの古いアパートだった。

「わたし、大学でても普通の就職はする気がなかったし、バイトしてお金が貯《た》まったらインドとかあちこち旅行してるっていうのが好きだったから」

東南アジアを始め、インド、北欧、ロシア、中東と彼女は気が向くと日本を飛び出し、四、五ヶ月は戻らないという暮らしをしていた。

「私が選ぶのは文化が大雑把な国。日本はいちいち、細かいし、きちっとしてるでしょう。

そういうものの対極にあるようなイイ加減な国に惹《ひ》かれるの」

あるとき、帰国してのんびりしていると部屋のドアが叩《たた》かれた。

開けるとデブッとした長髪の男が立っていた。

「あんた、うるさいんだけど」

「は？」

「なんか、すごい、うるさいんだけど」

「わたし、別に何もしてませんけれど」

「そういう問題じゃなくて。ちょっとは他人の迷惑も考えてくんないかな」

何を言ってるんだこいつは、と思ったのだが、既に時刻は夜の十時を回っており面倒なことはごめんだった。

「はあ、ごめんなさい」

「とにかく気をつけてくれよな。ワンアウッだから」

男はそういうと暗い廊下を隣の部屋へと戻っていった。

「たぶん、私が留守の内に引っ越してきたんだと思うんですけどね」

嫌な奴が越してきたなと憂鬱《ゆううつ》になったという。

翌日、昼過ぎに起きた彼女が隣室の前を通ると表札はかかっておらず、雨戸を閉め切っているのか部屋のなかは真っ暗だったという。

念のため大家に電話をすると、男は大家の遠い親戚《しんせき》のようだったという。

「なんか弁護士になるために司法試験を何回も受けて浪人していてねっていう話だった。別に文句を言いに来たとか詳しい話はしなかったのね。ただ大家さんは何かあったのって気にはしてくれていたみたいだったけど」

それから暫《しばら》くするとまたドアが叩かれた。時計を見ると午前一時を回っている。

「なんですか？」

『開けて』

男の声がした。

「用件を言ってください」

『開けて』

「わけもなく開けられません」

『自分勝手だな、本当に。人に迷惑を掛けていて平気なのか』

「だからわけを言ってください」

『なんで邪魔ばっかりするんだよ』

「はい？」

『人の邪魔するな』

男はそう言うと部屋に戻った。

わけがわからなかった。

翌日、彼女は大家に相談をした。自分には何も身に憶《おぼ》えがないのに隣の男が抗議に来ると言ったのである。

大家は申し訳なさそうに厳重に注意をしておくからと約束した。

ところがそれからも男は奇妙な行動を取るようになっていた。

「夜中に人の部屋の前にジッと立っていたりするんです。それも何時間も」

そろそろ寝ようかと立ち上がると廊下側にある暗い窓の向こうでスッと人影が動くのがわかるという。

「一度、何をしてるのか見ようと思ってドアを細目に開けたら、目の前に居たことがあって」

男は彼女をジッと見つめていたという。それ以外にも、ずっと廊下を歩いていたりする。

大家に連絡するも、はっきりとした迷惑行為ではないからと反応は鈍かった。

「確かに自分の住んでいるアパートの廊下に立っていたり、歩くのがルール違反ということはないんですよね」

いままで快適だった場所が段々、居づらくなってきたのが、彼女にとって想像もしなかったストレスになった。

「だから、いつもなら絶対に手を出さないようなパック旅行にまで手を出して外に行っちゃったりして。逆にそれがとんでもなくつまんない旅行だったりしたのでストレス倍増！　みたいな。最悪だった」

ある夜、ベランダで奇妙な音がした。

「唸《うな》るでもなく、叫ぶでもない。本当に心の底から薄気味悪くなるような声だったのね」

怖くなってカーテンを細目に開いて覗《のぞ》いてみると棒のようなものが転がっていた。それが風もないのに、ころころと右へ左へと転がっている。

部屋の灯《あか》りをつけ、よく見てみると棒には毛がみっしりと生えていた。

猫だった。

「生きた猫が針金でぐるぐる巻きにされていたんです」

驚いた彼女は軍手をはめると猫の針金を外し始めた。

「半分ほど外したところで動かなくなっちゃった。どういうわけかしらないけれど猫は死んじゃったんです」

凄《すご》いショックだった。

あまりのことに彼女は実家に帰ってしまったのだという。

「で、二週間ぐらいして戻ってきたら」

部屋のなかが異様に臭かったという。

「もう完全な腐敗臭で……」

でも、どこからするのかがわからなかった。冷蔵庫の電気でも落ちているのかと思ったが、そうではなかった。窓を開け放ち、ようやく落ち着いたが臭《にお》いの元は消えなかった。

そして夜になり、彼女はふと普段、使わない押入を開けてみた。

ガンっと頭を殴られたような悪臭に眩暈《めまい》がした。

見ると壁から杭《くい》のようなものが三本、突き出していた。

毛の生えた棒で、それぞれに開いた口から牙《きば》を剥《む》きだしにしたままミイラ化していた。

壁に空けられた穴は全部で五ヶ所。その一ヶ所からは隣室が見えた。スタンドに机。そして、もうひとつの穴からは人間の目が覗いていた。

「オマエ、ワルイキヲ、オクッテクルナヨ……」

そのまま彼女は外に飛び出すと交番に駆け込んだ。

「結局、親戚じゃなくて大家さんの息子だったみたいなの」

警察からは事件ではなく示談を勧められ、彼女は引っ越し費用にプラスアルファしたものを貰《もら》ったという。

「いまでも夜中に猫の鳴き声を聞くと眠れなくなるのね」

チサトさんは唇を嚙《か》んだ。

動物愛護

「傷ついた動物を拾ってきては育てているっていうんですよね」

　マユミさんは以前、勤めていたショップの同僚の話をしてくれた。

「その子は自分の部屋のマンションで育てられるくらいの小さな犬が怪我《けが》したり迷子になっていると見過ごせないみたいで拾って連れ帰って来ちゃうんですよね。そんなの全部、飼えないわよって言ったら、ううん、そうでもないって。どうしてかっていうと、そんな小さな犬は傷つけられた時点でかなり弱っているから二、三日もすると死んでしまうからって、すごく哀《かな》しそうな顔をしてそういうのね……。だから、預かってって言われた時も、断れなくて……」

　マユミさんはその同僚から傷ついたマルチーズを預かった。

「毛が毟《むし》られていたり、火傷《やけど》の痕《あと》があってね。すごく可哀想《かわいそう》だった。で、その子は良《い》いよって遠慮してたんだけど、お医者に連れてったのね」

すると検診を終えた獣医はなぜか、あの犬はあなたのものなのかと訊ねてきた。

「それが普通の感じじゃなくて、割と強い口調だったからびっくりしたんですけれど」

困惑しながらも彼女は事情を説明した。

「同僚が怪我したりした動物を保護してるっていったんです。詳しいことは知らないけれど、ボランティアの一種みたいなものでって、そんなような説明をしたと思う」

すると獣医は最近は動物を虐待する人間が増えて哀しく思ってたところです、と言い頑張ってくださいと試供品の餌《えさ》などを沢山、分けてくれたという。

病院から戻るとマルチーズは少しずつ元気を取り戻していった。

「うちから帰る前の日なんかは、ぬいぐるみをくわえて振り回すぐらいまで元気になったのに……」

が、そのマルチーズも同僚の元に戻って暫《しばら》くすると死んでしまった。

短い間ではあっても徐々に情が移っていた犬の死に、マユミさんもショックで涙が出た。

「やっぱり大怪我をすると、どこか生命力を失わせるのかもしれませんね」

マユミさんは、マルチーズの死によって、自分が世話をしていただけではなく、犬によって逆に癒《いや》されていた部分も大きかったと思い返し、また自分がそんな気持ちになったことに対しても驚いた。と同時に、迷い犬や身寄りのない犬を保護しているという同僚の気持ちもわかるような気がしてきたという。

ある時、マユミさんは同僚のマンションを訪ねた。

「約束したわけじゃないんですけれど、他にまだ手の掛かる犬がいるようだったら世話させて貰《もら》おうかなって。できれば力になりたくなったんです」

暫く、チャイムを押しても反応がない。

諦《あきら》めて帰りかけると隣のドアが開き、隙間《すきま》から陰気な顔の中年女が睨《にら》んでいた。

「チョット」と女が言った。

「なんですか」

「あんた、その部屋の女の友だち？　だったら止《や》めさせてよ。キャンキャンキャンキャン朝から晩までうるさくてしかたないの。可哀想でみてらんないよ、わたし」

「どういうことですか？」

「頭、おかしいよ、あの女。ヒステリー起こす度に小犬を壁にぶつけたり、踏んづけたりしてさ。次から次へと殺しちゃ、新しいのを買ってくるんだから……」

マユミさんは絶句した。

「とても信じられなかったんですけれど、その後で獣医さんから実はマルチーズの膿《う》んだ瘤《こぶ》のなかから、つけ爪《づめ》が出てきていたんだよって聞いて。よほど酷い力で摑《つか》まなけりゃこんなことにはならないっていうんですよ……」

同僚はいまだに犬を買い続けているのだという。

サイト

まゆみは去年の夏休み明けに、彼とふたりで五泊六日でキャンプに出かけた。

「ウチは父親が登山部だった関係で小さい頃から割と山とか連れて行ってもらってたからアウトドアは好きだったのね」

ふたりは八ヶ岳周辺で過ごすことに決めた。

「普通はキャンプサイトにちゃんと泊まるのが正しいんだけど、そういう管理されたサイトってけっこう、高いのよ」

ふたりは宿泊費を安く上げるため、昼間のうちに安全そうな公園などを見つけておき、夕方になってから人目に付かない場所に野営することにした。

「風呂《ふろ》は銭湯を探すの。案外、地方って大きなスーパー銭湯なんかを町営でやっていて快適なのよね。近所のおばちゃんなんかが農作業の後に入りにきたりしていてちょっとした公民館になってるの」

　二日めにちょっと変なことがあった。

「林道みたいなところを歩いていたんだけどね」

　ずっと背後から四駆がついてくるのだという。

「普通は脇によければ通過していくはずなんだけど、低速のままノロノロしてて、さすがに彼も気味が悪いなって」

　途中で道を外れ、車をまいた。

「変な車だったね」

　まゆみの言葉に彼も深く頷《うなず》いた。その夜は近くの公園に泊まった。

「少し行くと民間のキャンプ場があったんだけど。一張り四千円近くとるものだから、やめたのよ」

　シーズンオフということもあってか、そのキャンプ場には他に人気《ひとけ》がなく、管理人らしき者もいない。キャンプ場として使えそうな設備は水だけ。ふたりは適当に焚《た》き付けになるものを拾ってくると携行した焚き火台の上で火をつけ、その傍らで食事の用意を始めた。

　なんだか妙に胸騒ぎのする夜だった。

「なんだろう、すごく疲れちゃったな」

　まゆみがそう言うと彼も同じ意見だったようで、後片付けもそこそこにふたりは寝袋に潜り込んでいた。

　ズッと何かが揺れたような気がした。

「地震かなって一瞬思ったんですけれど」

　身を起こした瞬間にテントごと引きずられた。テント内のものが自分たちに押し寄せぶつかってきた。真っ暗闇《くらやみ》のなか躯《からだ》が回転し、コントロールすることができなかった。そのうちに周囲が時折、光るのがわかった。自分たちがテントごと車に引っ張られているのだと気づいたのは、暫《しばら》く経《た》ってからだった。

「ぐっ」突然、支柱が折れ、彼の躯に当たった。テントが変形し、ただの袋のようになった。と、躯がふわっと浮き、次に固いものに叩《たた》きつけられた。

　ふたりが悲鳴をあげる。ようやく動きが止まった。彼がテントの生地を裂こうとしたが全くびくともしない。

「もうどこが出口なのか全くわからなくなっちゃったから……」

　彼は何度か歯を使い爪《つめ》を使って穴を空けようとしたが無理だった。

「ちくしょう、あかないよ……」

　そう彼が呟いた時、低い笑い声が上から降ってきた。

「うえっへへって厭《いや》な声だった」

ひとりふたりではなかったという。

「あの時、初めてもしかしたら自分たちは殺されるのかもしれないと真剣に思った。だってテントのなかだから何も抵抗できないんだもの。単に踏み殺すことだってできるわけでしょう?」

彼はまゆみをしっかり抱くと、ただただ「大丈夫大丈夫」とくり返していたが、軀がひどく震えているのが伝わってきた。暫くして軽いものがパサリと当たった。パサリ……パサリ……。

土だった。生き埋めにされる!

彼女はテントのなかから「助けて!」と叫んだ。しかし、砂の音が止まることはなく次々にかけられていく。

「どうするの?」まゆみが彼に尋ねると彼は何も応《こた》えずに首を振るばかりだった。

「何もしないの? ねえ」

彼は黙っていた。

「なにかしなさいよ!」

思わずそう叫ぶと彼はちょっと変な声になって「しかたなぁぁぃ」と彼女の頬《ほお》を舐《な》め上げ「げっげっ」と笑った。

まゆみは悲鳴をあげて彼を突き放した。彼は低い声で笑った。

気がつくと砂をかける音は止まっていた。彼女はゆっくりと指先をテントの捻《ねじ》れている生地の合間に差し入れ、チャックを探すとファスナーを開けることに成功した。穴のなかにいた。立ち上がるとさほどの穴ではないことがわかった。

大きな月が頭上にあり、近くには人気が全くなかった。彼女がテントから出て穴の外に出ると彼もそれに続いた。

ふたりは月光のなか、ボロボロになったテントと自分たちを引きずった跡をぼんやり眺めた。ふたりは無言でテントを引き上げ、使えそうなものだけ手に取ると自分たちのいた場所に戻ったという。

距離にして三百メートルほど引きずられたのだと知った。

「でも途中に大きな岩もあったから……」

もしまともにぶつかっていたら、ふたりとも死んでいただろうと思いゾッとした。警察に言おうと思ったが携帯は圏外であり、朝になるとそんなことよりも一刻も早く、この変な場所から離れたいという気持ちの方が強くなり、彼らは通報もせずに帰京した。

「それから二回ぐらい彼とは会ったかな。でも、それでどちらともなく連絡しなくなって自然消滅しちゃった」

まゆみは今でもたまにあの時のことを夢に見るという。そのなかでは、いつも決まって最後はおかしくなって狂《や》った彼にテントのなかで殺されてしまう。

まゆみはキャンプを止めてしまった。

鳩

　豊田さんは、以前住んでいたマンションで、ベランダに鳩《はと》が居着いてしまい、糞《ふん》や鳴き声にとても悩まされたことがあった。

「入った当時は、そんなことはなかったんですけれど」

　隣に人が越してきた辺りからおかしくなってしまった。

「別に引っ越しの挨拶《あいさつ》もなにもなかったから……」

　どんな人間が住んでいるのかはわからない。

　表札もなく。廊下から窺《うかが》うに生活感のない部屋だった。

「普通はテレビの音とか、ベランダで掛け物をする音とか何かあると思うんですよ」

　しかし、隣室からはそういった音は全く聞こえては来なかった。

　ただ時折、ベランダのほうから乾いたトントンという音がした。

「風でベニヤ板が揺れているような音でした」

隣人がやってきてから半月ほど経《た》った頃、出がけに干していったブラウスの胸元にべったりと糞がついていた。

「もうすごいショックで。母が誕生日のプレゼントに買ってくれたもので大切にしていたんです」

見るとベランダには信じられないほどの鳩の糞が、たくさん落ちていた。

くすんだ色の千切れた羽毛に混じって、まるでふざけてペンキをハネ散らかしたような有様に彼女はうんざりしてしまった。

「それからベランダに鳩が来るのがやけに気になりだしたんです」

明け方、ポッポッポッという鳴き声がすると静かに寝ていられなくなった。

「思わずベランダの窓を開けたり、叩《たた》いたりして、他所《よそ》にやろうとしてましたね」

しかし、都会の鳩は一旦《いったん》、ねぐらと決めたところからは容易に離れていこうとしない。

「一度なんか姿は見えないのに声だけが聞こえるから、どこだろうどこだろうと探してたら……」

エアコンの室外機の下。

ブロックで嵩《かさ》上げしている隙間《すきま》に鳩が入り込んでいた。

豊田さんはホウキをもってくると柄で鳩を叩き出したという。

「なんだか一羽二羽じゃないような気がして……。うんざりでした」

ある夜、ベランダを見ると見慣れないゴミが散らばっていた。

「パン屑《くず》やコーン。それにお米なんかでした。そんな鳩の餌《えさ》になるようなものを自分が撒《ま》くわけはないんで……」

隣人だと思った。

緊急時にぶち抜くことのできる簡易ベニヤで部屋と部屋のベランダは区切られているのだが、相手はそこから手を伸ばして〈餌〉を撒いているに違いなかった。

意味がわからなかった。

「そんなに鳩が好きなら、自分の部屋のベランダに撒けば良《い》いと思うんですよね。わざわざ人のベランダに撒くなんて理由がわからなかったんです」

一応、それとなく大家に告げたが、何の対応もされなかった。

そうこうしている間にもベランダは糞害で汚れていく、鳩は溜《た》まる。

餌は撒かれ続けていた。

「何か証拠を撮らなくちゃと思ったんです」

それから暫《しばら》くして、休みの日に部屋にいるとかちかちと音がした。

見ると隣のベランダから手が伸び、丁度、彼女のベランダに何か投げ入れているところだった。

彼女はデジカメを取り出すと、その様子を撮ろうとした。

ベランダには投げ込まれたばかりの乾燥コーンが散らばっている。

「音がしないようにベランダに出たんです」

そしてベニヤ板に近づくと手が出てくるのを一枚撮り、その後で伸びをしながらベニヤの上に手を伸ばすとカメラで向こうのベランダにいる人間を撮った。

シャッターを切った瞬間。

〈おうがッ！〉

と、男の叫び声が聞こえた。

彼女は、すかさず部屋に戻るとデジカメをチェックした。

一枚目には腕がしっかりと写っていた。

二枚目には。

「口に死んだ鳩をくわえた男がカメラに向かって餌を投げていたんです」

その夜、彼女のベランダの窓が、三回ほとほとと叩かれた。
次の日、彼女は引っ越しを決めた。

罠

渡辺さんはかつて都内のマンションに住んでいた。

駅は近いし家賃は低め、そこそこ陽《ひ》も当たる。

「だけどその場所、あんまり好きじゃなかったんだよね」

理由を聞くと、隣室に問題があった。

「毎回、得体の知れないアジア系外国人ばかり入居して来るのね」

どうやら不法滞在している外国人を世話する組織が部屋を押さえていたらしい。

「差別するわけじゃないけど、やっぱり彼らってルールを守らないし、自分の国じゃ食っていけない連中だから生活も荒れてる。こっちがおとなしいのをいいことに、やりたい放題だったよ」

ゴミの分別やゴミ出し時間を守らないなどはアタリマエで、一番頭が痛いのは騒音だという。

彼らはとにかく騒々しい。

ドアを叩《たた》き付けるように閉めるし床は踏み鳴らす、真夜中にとんでもない大声で喚《わめ》き続ける、そしていつの間にか人数が増えている。

「管理人はいるけど、おじいちゃんだからね。完全になめられてた」

彼らは自分たちに都合の悪い場面になると日本語がわからないフリをする。

そのくせ、渡辺さんの部屋に出前や宅配の配達が来ると、ドアを細く開けて様子を窺《うかが》っているのだという。

「やっぱり警察や入管だけは怖いんだろうね。周囲の状況にはかなり気を配っていた」

そんなことが何回も繰り返されてきたが、最後に遭遇した入居者は特にタチが悪かった。

「言葉からすると大陸系かな？　男女のペアなんだけど、女の方がかなりヤバいの。いやぁ、もうマナーとか常識とかのレベルじゃないよ」

女は明らかに狂いかけているようだった。

夜中に何時間もカナキリ声を上げるし、廊下に食器や残飯、時には排泄物《はいせつぶつ》まで放《ほう》り出す。

「いつか部屋に帰るエレベーターに乗り合わせちゃったからイヤだなぁと思ってたんだけど、向こうは何かビニール袋をグルグル巻いたみたいな物を持っててさ。よく見たら中身は猫なの。それが袋の内側にピンクの鼻っつらを押しつけるようにしてさ、眠そうに薄目開けてさ、ちょこっと舌出して……死んでたの」

動物好きな渡辺さんはこの一件で覚悟を決めた。

管理人に直訴するのはもちろんのこと、薬物中毒かも知れない外国人がいるから調べてほしいと匿名で警察に電話も入れた。

その後、実際に警察が動いたかどうかはわからないが、しばらく隣室には人の気配がなかった。

ひょっとしたら自分の留守中に出て行ったのかも知れない、そう考えると今までの疲れがドッと出て、彼はホッと溜《た》め息《いき》をつきながらベッドに入った。

ものすごい轟音《ごうおん》をたてて金属製のドアが蹴《け》られたのは明け方近くだった。

渡辺さんは飛び起きた。

心臓がバクバクと鳴っていた。

意味不明だがイントネーションは明らかに大陸系の、男女のどなり声がドアの外から響いてきた。

「覚えのある声だったよ」

用心しながらドアスコープを覗《のぞ》くと、あの隣人が交代でドアを蹴っていた。

二人とも目がイッている。

関《かか》わり合いになりたくないからか、廊下に他の部屋の住人が出てくる気配はない。

大陸ペアは勝ち誇ったようにドアを蹴り続ける。

〈この場で警察を呼ぼうか？〉

そう思った渡辺さんの気持ちを見透かしたように攻撃は止《や》んだ。

彼らは交代でドアに唾《つば》を吐きかけると、悠々と隣室に入っていった。

翌日から、渡辺さんが廊下に出るたびに隣室から大声が響いた。

罵声《ばせい》を浴びせられているのがハッキリとわかる。

四六時中見張っているらしく帰宅した途端に壁が叩かれ、ボリュームをマックスにしたオーディオの轟音が襲ってきた。

明け方には電動工具のような音が響いた。

こうした攻撃を受けて渡辺さんはみるみる参ってしまった。

「向こうは薬か何かやってるのか、それとも二人交代で監視しているのか、攻撃は弱まるようすがまったくない。カネさえあればすぐにでも逃げ出したかったよ」

ある梅雨時の日、職場で体調を崩した渡辺さんは早退してマンションへと戻ってきた。

罵声を予想して首をすくめるようにドアの前に立ったが、叫び声が聞こえないどころか、隣室はヒッソリと静まりかえっていた。

〈とうとう出て行ってくれたか!〉

期待しながら鍵《かぎ》を回し、ドアノブを握る。

人差し指の付け根に鋭い痛みがはしった。

「アッ」

掌《てのひら》に血の玉がプックリとふくらんでいた。

それに、変な臭《にお》いがしていた。

同時に隣室のドアが開き、はやし立てるような叫びと笑い声が響く。

渡辺さんは真っ青になりながら再びドアノブをつかみ、自室に駆け込んだ。

掌に新しい傷が刻まれたことにも気づかなかった。


ケガをした翌日、渡辺さんは軀《からだ》が、ふくれあがってしまった。

掌が膿《うみ》でパンパンになるどころではなく、傷口周辺が腐り、リンパなどが腫《は》れ上がってしまうという、戦場などで見られる〝ガス壊疽《えそ》〟にかかってしまったのだ。

「医者はわからなかったんだけど、そっち方面の知り合いがあとで教えてくれたんだ。〝パンジィステーク〟って、ベトナム戦争の時ゲリラが米軍に対して使った罠《わな》なんだよ。

たぶん……」

恐らくドアノブには、錆《さ》びた注射針か、カミソリの刃を小さく折ったものが貼《は》り付けられていたのだと渡辺さんは言う。

そしてそこには排泄物をドロドロに腐らせた〝特性クリーム〟がたっぷりと塗りつけられていたのだと……。

彼が入院している間に、罠の痕跡《こんせき》は消されてしまっていたので証拠はなかった。

しかし渡辺さんは隣人がついに命に関わる攻撃を仕掛けてきたのを悟った。

「それでも引っ越すカネがないのでネバるつもりだった。でもすぐに折れた。あの張り紙を見ちゃったからね」

入院先から戻って数日後、渡辺さんの部屋のドアに黄色いポストイットが貼られていた。

そこにはマジックの殴り書きで〝HIV〟とあった。

「俺はまだ腐敗菌で良かったよ。あの罠に付けられていたのがAIDSウィルスだったらと思うと、生きた心地がしなかったね」

彼はその日に退去届けを出し、友人の家に逃げた。

件《くだん》のマンションは未《いま》だ存在し、中は得体の知れないアジア系外国人の巣窟になっているという。

ごちそいさま

「ほんとうに誰がやったのか、いまだにわからないの」

萌《もえ》はそういって身を縮ませた。

今年の春から念願のひとり暮らしを始めた彼女は、寂しさからシーズー犬を飼うことにした。

「チチっていう名前をつけてね」

仕事を終えて部屋に帰ると、必ず玄関で待っている賢い犬だった。

「なんだか私の足音がわかるみたいなの」

萌は寝るときも、チチとベッドで寝た。

気がくさくさするときは、ずいぶんとチチに慰められたという。

「何を言うわけでもないいんだけれど」

頭を撫《な》で、軀《からだ》を撫でると甘えたように腹を見せる。

「温かいお腹を撫でながら自分も横になっていると本当に心が落ち着いてくるの」

ところがある日、帰宅するとチチの姿がなかった。

「勝手に外へ出て行けるはずがないから、どこかに隠れていると思った」

ところがいくら探してもチチの姿はなかった。

1DKの決して広くはない部屋である。

一時間も探せば、見てない場所はなくなった。

「狐《きつね》につままれたみたいな気持ちになっちゃって。もしかしたらベランダから下に落ちちゃったのかもと思ったけれど、ベランダのサッシはロックしてあったから」

それでも念のためにマンションの周りを調べてもみた。

しかし、チチの姿はなかった。

急に寂しくなった。

帰宅しても迎えてくれるものがいないのが、こんなに寂しいとは思わなかったと、いまでも彼女は涙ぐむ。

「死んだのなら、まだ心の整理も付くけれど、どうなってるのかわからない。だからすぐ次のペットを探す気なんかにもなれなかった」

彼女は〈迷い犬〉のチラシを作り、電柱、マンションはおろか、コンビニや思いつくかぎりの場所に貼《は》って回った。

「でも、まるっきり手がかりはなかったんです」

ある日、ドアの横に見覚えのないラーメン丼《どんぶり》が置いてあった。

中には小さな枝のような骨と、毛の生えたテニスボール大の塊。

煮られたチチの頭だった。

『ごちそいさま』

と、メモが丼の下に敷いてあった。

警察は被害届すら書いてくれなかった。

萌はすぐにそのマンションを引っ越してしまったという。

ドライブ

「あれ、高校三年のときだったのよ」

ひとみは、嫌なことを思い出すときの癖である爪噛《つめか》みをしながら教えてくれた。

「ウチは父親が公務員だったから、すごく世間体を気にするし、厳しかったのね。門限とか。だからカレができてもデートする時間をやりくりするのが、かなり大変だったの」

ひとみには二年の頃からつきあっているバイト先で知り合った大学生のカレがいた。

「その人、サークルでレースやってて。ドライブ好きなのね。それで」

ある日、夜のドライブに行こうということになった。

「母親が叔母の家に泊まりに行くっていうんで、父親が帰ってくるのが、いつも深夜だから、夜の早いうちに出て、それまでに帰ってくればばれないかと思って。ＯＫしたのね」

当日、家まで迎えに来たカレの車に乗って、ふたりは久しぶりに夜のドライブを楽しんだ。

「高速乗って、箱根から伊豆に抜けた。海岸沿いを走って気持ち良かった」

適当なところでファミレスを見つけると食事をし、その後は砂浜にふたりで座って波の音を聞いていた。

「そろそろ帰ろうか」

時間も迫ってきたので腰を上げた。

帰りは反対に海沿いから山に戻った。

「わたし、途中で眠くなっちゃってウトウトしてたのね。そしたら、カレの声がするのよ。アレ？　アレ？　って」

見るとカレが焦った顔をしている。

「どうしたの？」

「コイツ、なんかちょっと……」

そうこうするうちに車は停《と》まった。

「大丈夫？」

「うん。ちょっと待ってて」

カレはそう言うと車から下りてボンネットを開け、あれこれ調べ始めた。

「いつもちゃんとメンテしてるはずなんだけど……。古いからなぁ。こいつ」

バイト代を貯《た》めて買ったカレの車は確かに中古で、いままでもエンストしたりすることが多々あった。

「三十分ぐらい、いじってたけど……」

カレは助手席で心配そうにしている彼女に「なんかヤバい」と呟《つぶや》いた。

「で、JAFを呼ぼうってことになったんだけどね。丁度、周囲が山に囲まれているせいなのか携帯がふたりとも圏外になっちゃってたのよね」

父親が帰ってくる時間は迫っていた。母親がおらず、娘も居ないとなれば、どんなに怒られるか、ゾッとした。

「もう、あたしなんか半泣きになっちゃってさ。どうするのよ～って」

するとカレは峠を下りてガソリンスタンドまで行くと言い出した。

「確かにスタンドはあったんだけど、かなり距離があるような気がしたのよ」

カレはスタンドの人と戻ってくるから、車で鍵《かぎ》をかけて待っててと言った。

「なんかちょっと嫌だったけど。ヒールなんか履いちゃってきたからね。あんまり長く歩く自信がなかったのよ」

彼女は不安になりながらも車内で待つことにした。

「じゃあ、行ってくるから。車に乗ったら、ちゃんとドアをロックして。なるべく目立たないようにしてて」

カレはそう言うと峠道をとぼとぼと、歩いて行った。ひとみはカレの姿が見えなくなるまで見送った後、車に戻った。

「で、座ってるとたまに車が通るのね」

大抵は単に通り過ぎるだけだったが、なかには様子を窺《うかが》うようにスピードを落とすのもあったという。

「バッテリーが上がるといけないからラジオも聴けないし」彼女は暗い峠道のなか、ひとりでいた。

と、突然、車内がパッと明るくなった。見ると車の後ろに、もう一台、車が停まってライトで照らしていた。

「わたし、カレだと思って外に出たのね」

違っていた。

見知らぬ男が車から下りると「どしたの?」と訊《き》いてきたという。三十前後に見えた。

ちょっと汗臭い人だった。

ひとみは簡単に状況を説明した。すると男は自分が見てあげると言って、ボンネットを開けた。

「バッテリーの液が薄まっちゃってるんだよ」男はそういうと予備があるから入れてあげると自分の車に戻ったという。

「外に居たんだけど、暫《しばら》く探してるみたいだったから」ひとみは車のなかに戻った。男は暫く、帰ってこず、自分の車に乗ったままだったという。

「早くしてくださいって催促するわけにもいかないから、そのまま放っておいたのね。そしたら……」

昼間の疲れもあったのか、ついウトウトしてしまった。

ギャフと妙な声でハッと目が覚めた。

男の顔が目の前にあった。

「びっくりして悲鳴をあげちゃったんだけど、すぐに済みませんって謝ったの。ところが」

男は運転席に中型の柴犬を押しつけていた。犬は男の手から逃げようと必死にもがいていた。

「おまえが身代わりになれば良《い》いんだよ」

男はそう怒鳴ると、いきなり犬に、摑《つか》んでいたドライバーを突き刺した。とんでもない犬の悲鳴があがり、彼女は逃げだそうとしたが、男の車が真横にぴったりと停められていたのでドアが開かなくなっていた。

男は何度も何度もドライバーで犬を突き刺し、柔らかい腹の肉を突き破ってしまうと中身を素手で掴みだしたという。

「もってけ！　おまえら、みんなもってけ」

男はそういうと犬の中身を座っている彼女の上に盛り上げた。犬は男を噛《か》もうと痙攣《けいれん》しながらも口を動かしていた。

「もうなにが起きているのかわからなくなって」彼女は自分が悲鳴をあげているのにも気づかなかった。

男は内臓を彼女になすりつけると柴犬の首を切り落とし、彼女の手に持たせて写メを撮ったという。

「あたし、そっから記憶が飛んじゃって」

気がつくと血塗《まみ》れのまま歩いているのをスタンドの車で上ってきたカレに発見された。

「警察に行こうと思ったんだけど、それより先に帰らなくっちゃと思って……」

そのままにしたという。カレは車が血だらけになったことを、不用意にドアを開けたおまえが悪いと怒った。

父親には知られずに済んだが、服は処分し、カレともそれっきりになった。いまでもたまに同じような道を通ることがあると、あの犬の哀《かな》しげな声と共に思い出すという。

かわいそうなひと

「とにかく、あの頃はお金がなくて」

上原さんは三年前までアルバイトをしながらモデルの仕事を続けていた。

「バイトっていっても、仕事が急に入ったりすればいけなくなっちゃうから、昼間のチャンとした仕事は難しかったんですよね。だからド短期か、スナックみたいなバイトが多かったです」

月収が七万円を切ることもあったので食事が出ることは最低条件だった。

「スナックは、ママがいい人だと賄いでも結構良《い》いのを出してくれたり。それとかお客さんがたまにおみやげ持ってきてくれたりして。それが凄《すご》く嬉《うれ》しかった」

とりたてて接客が好きでも得意でもなかったが、自分にできることはこれしかないんだと割り切って頑張っていた。

「ところが住んでいた部屋の家賃がいきなり上がることになって……」

今から考えると彼女の住んでいたのは木造の古いアパートだったので、それを建て替えるために追い出しにかかったのではないかと言う。

「今だったら絶対に抗議すると思うんですけれど、まだその頃は子どもで度胸もないから」

結局は不動産屋の言いなりになり、出て行かざるを得なくなってしまった。

「それで困っているとスナックの常連さんでアパートをもってる人がいて……」

自分のアパートに空きがあるからという。古いアパートだから、今払っている家賃のままで良いとも言った。

「今までのところが四畳半で二万円だったんです。だから……」

とりあえず見せて貰《もら》うことにした。

「そしたら自分の住んでいたところよりも広いし、汚れてなかった。部屋はふたつあるし、リビングのスペースもあって」

他の部屋は六万なのだという。でも、彼女には二万で貸すという。

「びっくりしたし、悪いなあと思ったけれど。とりあえず行く場所もないので」

お言葉に甘えて借りることにした。

廊下の奥、二階の角部屋だった。

ひと月ほどは何もなく済んだ。

ある夜、バイトが休みで部屋にいると壁がドンッと鳴った。

「もう本当に直接、叩《たた》いているような音。びっくりしました」

その後に女の泣き叫ぶような声と低い声が交互に聞こえた。

「女の人はひたすら、どうして？　どうして叩くのよ！　って叫んでいて。合間合間にぶつぶつ言う声がするんです。そしてまた壁に人が当たるような音がして」

壁が薄いせいか、音がこちらに向けて大きく響く。

「で、翌日、仕事へ行く用意をしているとチャイムが鳴ったんです」

開けると女がいた。

「すみませんでした……」髪の長いその女は手に菓子折をもっていた。

「あ、そんな大丈夫です」

上原さんは気にしてないと手を振ったのだが、相手はとにかくお詫びですと菓子折を置いていった。

「もっとちゃんと断っても良かったけれど……その頃は食べ物は貴重品だったので貰うことにしました」

なかには超高級チョコの詰め合わせが入っていた。

「わー」彼女は思わず、声を上げ、一粒食べた。コクのある甘みとカカオの香ばしさが口いっぱいに広がった。それからも女とは廊下ですれ違うことが多くなり、少しずつ口を利くようになった。

「彼女はシングルマザーなんですけれど、今は実家に子どもを預けているらしいんですよね。暴力を振るっていたのは元旦那《だんな》で気が小さい癖に女には手をあげる奴だって言ってました」

そしてまた壁が音を立て、彼女の悲鳴が聞こえた。

上原さんは耐えられなくなって、警察に電話をしようかと思ったが、相手の事情も知らずに勝手なことをして彼女に思ってもみない迷惑がかかったら、どうしようとふんぎりがつかなかった。

『ぬける！　ぬけるぅ！　ぬけちゃうよぉ！』

彼女の悲鳴とも絶叫ともつかぬ声がして、突然、静かになった。息が詰まった。今までニュースとかで暴力事件を見聞きしてはきたが、実際に会った人が、こんなに長い時間殴られたり暴行を加えられているのに遭遇したのは初めてだった。

「とにかく音が生々しいから。自分がやられてるような気分にもなって」

翌朝、隣はシーンとしていた。

心配になった上原さんがドアをノックするとやがてドアが開いた。

「疲れ果てた感じで、わたしの顔を見るとぽろぽろ泣き出してしまったんです」

放《ほう》っておけなくなった彼女は自分の部屋に連れてくると話を聞いた。

「なんだか彼女の家庭環境も複雑で再婚した義母にすごくいじめられて、しかも連れ子があったらしくて、すごい差別されて育ったらしいんですよね」

女は二時間ほどして帰って行った。

「それからなんです。割と頻繁にくるようになったのは。特に暴力が終わったあとは必ず何時《いつ》でもドアがノックされて。こっちも放っておくわけにもいかないから、開けるんですけれど」

そのうちに部屋は滅茶苦茶だからというので彼女の部屋で泊まるようにもなった。泊まった翌日、必ず女はプレゼントを買ってきて彼女に渡した。そしてふたりで食事を作って食べることも多くなった。女は生傷だらけの軀《からだ》を彼女に見せては辛《つら》い話をした。

「でも、だんだん面倒になってきて。彼女が訪れてきても具合が悪いとか、居留守を使うようになったんです」

居留守を使うと何分もチャイムが鳴らされ続け、携帯に電話が掛かってくる。携帯の着

メロが室内で聞こえないか、ドアの向こうで耳を澄ましている気がする。居留守を使った後でスナックのバイトに行こうとすると、隣のドアが細目に開けられたりすることがある。

そんなとき、彼女は隣の前を早足で抜ける。段々、監視されているような気になった。

「それになんでだかわからないんですけれど元旦那の暴力もどんどん激しくなってくみたいで」

ある日、とんでもない悲鳴がしたので、遂に彼女は警察に電話をした。

パトカーが到着し、警官が隣室のドアを激しく叩く。別の警官が上原さんに事情を訊《き》きに来た。

「開けなさい！　開けないか！」

やがてドアが開き、警官が入り込んだ。

「部屋に元旦那なんかいなかったんです」

警官に誘われて隣室に入った上原さんは驚いた。壁一面に自分の写真が貼《は》ってあった。

「なかには寝ているわたしの、胸元を露出させてる写真もあったんです」

上原さんは大家に事情を説明し、引っ越した。携帯には〈やりなおしたい〉〈話し合えばきっと元に戻れる〉というメールが次々と入ってきたという。

「いまでもたまに」

〈今日ね、後ろにいたんですけど〉とメールが入るという。

緊急連絡

「夜中の一時を過ぎていたと思います」

ちふみさんがその連絡を受けたのは十月の末のこと。相手は高校時代の同級生。なんでも共通の友人が通り魔に刺され、重傷を負って病院に搬送されたという。

『とにかくあいつ、おまえに会いたがってるから、迎えに行くから……』

母親から連絡先を聞いたという彼は小一時間で彼女のマンションに到着するから出かけられる用意をしておいてくれないかと一方的に告げると電話を切った。

「困ったな、というのが正直なところでしたね。もう十年近く前の話だし……」

それでも見舞いに出かけてみようと思ったのは、やはり嫌いで別れたからではなかったからだという。彼女は身支度を整えると大野の到着を待った。他の同級生にも連絡を取ってみようと思ったが、如何《いかん》せん時刻が遅すぎた。やがてチャイムが鳴り、玄関口に血相を変えた大野が顔を見せた。柔道部の副将を務めていた彼は相変わらず大きな躯《からだ》をしていた。

「大丈夫なの？　彼」

「馬鹿！　死にそうなんだよ！」

大野はそう言い終わらないうちにエレベーターへと先に立って歩き出した。彼が状況説明を始めたのは彼の運転する車が高速のランプに乗ってからだった。

「いきなり背後からひと突きにされたらしい。傷は肺まで達していて軀のなかは血の海らしい」大野は時折、涙ぐんだ様子で話をした。搬送先は地元の病院だった。

「あいつ、未《いま》だにおまえのことが好きで。よく話をしていたんだよ。もう一回、無理だろうけどやり直せたらなって……」

彼は大学を出てから大手自動車メーカーに就職したはずだった。「順調に出世しているらしいよ」と二年ほど前、偶然、街で出会った同級生に教えられていた。

病院に到着し、夜間通用口で集中治療室の場所を教えて貰《もら》った。暗い廊下の先にポッと明かりのついた空間があり、並べられたベンチには疲れ切った表情の中年男女がぽつんと座っていた。

「牧野君のご両親ではありませんでした」

ちふみさんはナースステーションで、彼がどこにいるのか訊《たず》ねてみた。

そんな名前の患者はいないという。

「本当ですか?」

「記録にありませんからねえ」自分と同じ年頃の看護師がきっぱりとした口調で告げた。

隣にいる大野がしきりに首を傾《かし》げるのがわかった。

「誰から電話があったの?」

大野は牧野の両親からだと言った。

「もしかしたら気が動転していて病院名を間違ったのかもしれない」大野は席を外し、電話をしに行った。が、電話は通じないという。「取り敢《あ》えず家のほうに向かってみよう」

大野の言葉にちふみさんは頷《うなず》いた。

「なんでだろうなぁ。確実に間違いないようにくり返したのに……」大野は、ちっちっと舌打ちしながら暗い海沿いの細い道でアクセルを噴かしていた。

と、そこにちふみさんの携帯が震えた。

メールの着信であった。

〈緊急連絡〉というタイトルに続き『ちー? ひさしぶり。ケイコです。ちょっと連絡があったので回します。深夜なので寝ていたらそれはそれということで。ヒロミからなんですけど。高校の時の同級生の大野って憶《おぼ》えてる? 彼が最近、やたら同窓の女の子に電話を掛けまくって夜のドライブに誘い出そうとしているそうです。理由は悩みを聞いて欲しいとか、最近、彼女が自殺したとか……。何人かは、話だけはしたらしいんだけど、とにかく様子が怪しいので気をつけるようにとのことでした。また電話があっても決して誘われて出て行ってはダメだよ。彼は数年前からずっと仕事をしなくなっていて最近はいろいろとそちらの病院にも通っているようで、自殺モード全開なようです。話も死にたいとか、一緒に死んでくれとかマジ、ヤバイそうですから……。じゃ、また近々、会おうね!! おやすみなさ〜い』

手が震えた。顔を上げると大野がじっと彼女を見つめていた。

「なんだった？」

「う、うん？　会社の人」

大野は黙って彼女を見つめ、「ま、いっか」と呟《つぶや》くと車のスピードを上げた。

ふと見ると大野は何かをぼりぼりと口にしてはお茶で流し込んでいた。

「あ、はい。もしもし。あ、そうですか！　はい、了解。違う病院ですか？　なんていう病院ですか？　あ、それは随分、遠いなぁ……」大野は携帯を取り出すと話し始めたが、アンテナに付けられたイルミネーションは暗いままだった。すると大野が口にしている白い粒がちふみさんの元に転がってきた。

「錠剤だったんです」彼女はそれが睡眠薬だと感じたという。また大野が自分を乗せたまま事故死するつもりなんだとも感じた。道の片側は崖《がけ》だった。

「あのさ。あいつ、やり直したいっていってたけれど、本当は無理なのを知ってたのよ」

大野のろれつが明らかに怪しくなり車が左右にふらふらし出した。

「あいつは自分はやり直すことはできないけれど、おまえなら俺の代わりに彼女とやり直しができるっていうのよ」

「大野君！　前!!」突然、車内が閃光《せんこう》に包まれ、反対車線にズレた彼らの車をトラックが狂ったようにクラクションを鳴らして掠《かす》めていった。

「止めてよ！」

「俺があんたを好きかどうかは問題じゃない。それにここまで来ればあんたが俺を好きかどうかも問題じゃないんだ。これは決まりだ。俺と付き合うのがあんたの決まりなんだよ」大野の口から涎《よだれ》が伸びていた。と、次の瞬間、車はガードレールに激しく衝突し、激しくスピンすると山側の路肩に突き刺さるようにして停《と》まった。シートベルトをしていなかった。

大野は頭をフロントに突っ込んでいた。

「たまたま後ろからきてたトラックの運転手さんが絶対に酔っぱらい運転だって通報してくれてたみたいで……」

ふたりはほどなくやってきた警察によって保護された。ガードレールは後五十センチほど先で無くなっていた。

「そこに突っ込んでれば、間違いなく崖下ですから」

死んでましたね、と、ちふみさんは身を震わせた。

道案内

「単に、よく会う人だなぐらいに思ってたのね」

ゆきえは高校時代、バイト帰りの夜道で同じ人に何度も道を訊《き》かれた。

「四十手前のサラリーマンなんだけど」

訊くのは駅、お店、交番と毎回、変わるのだが、声をかけてくる態度はいつも同じ、おずおずおどおどしていた。

「一番最初は信号待ちをしていた時に、すみませんと声をかけられたの。次は駅の改札、その次はコンビニの出入口。偶然かなと思っていたけれど……気づくのが少し遅かった」

男の声かけの位置は少しずつ、移動していた。

「駅とは反対方向で……」

いつも、ゆきえが家から出てくる途中、または帰る途中で出会った。

「もちろん、いつも応対してるわけじゃないの。無視したり、急いでいるときには駆け抜けたりもしたわ」

きっと住宅地をメインに回っているアンケートの調査員か、布団や掃除機などのセールスマンだと思っていた。

しかし、そうではなかった。

「つまり。わたしを待っていて少しずつ、少しずつ、わたしの来た方向へと、ズレていたのね」

男が声をかけるポイントは、毎回ごと、ゆきえの住むマンションに近くなっていた。

ある夜、バイトから帰って、ひとりでエレベーターに乗ると途中の階で停《と》まった。

驚いたことに、あの男が乗り込んできたという。

「二万円でお願いします」

驚いた顔をしているゆきえに男が陰気な声を出した。

いつもは弱々しそうな表情なのに、その時だけはふてぶてしく感じられた。

「なに言ってんの」

弱気を見せてはいけないと思った。

すると、いきなり前髪が摑《つか》まれ、首がへし折れるかと思うほど曲げられた。

耳元で嫌な音がした。

男はエレベーターのドアが開くと茫然《ぼうぜん》としているゆきえを外に突き飛ばし、自分は下りていった。

気がつくと、おさげが根元から切り取られてた。

以来、彼女は夜、知らない人から呼び止められても絶対に立ち止まらないようにしているという。

満員電車

「このあいだ、変な人がいたのよ」

と、カスミは顔をしかめた。

あまり背の大きな男ではなかったという。

年の頃は四十。黒縁のメガネに横分け頭。長いベージュのコートを着ていた。

男は電車が揺れる度に〈うっふん、うっふん〉と、ゲップのような音をさせた。

「気持ち悪くて」

カスミは離れようとしたが、周囲がガッチガチに混んでいて軀《からだ》が動かせなかった。

男は時折、カスミを潤んだような涙目で見つめては弱々しく微笑《ほほえ》み、そして揺れるとまた〈うっふん、うっふん〉と音を立てた。

「で、普通は睨《にら》んだりすると少しは相手に気を使って離れる人が多いのよ。離れないまでも軀を気持ち離すとか……」

それが男は全くカスミさんの様子など意に介さない様子だった。

「チカンとかいう感じではないのね。ただ単に満員電車のなかで押し潰《つぶ》されているのが楽しくってしょうがないっていう、それだけでもかなりおかしいんだけどね」

男は真冬だというのに額から汗をだらだらと垂らしていた。

「発情した犬みたいでとにかく気持ちが悪い。くっついているだけで何かが移ってきそうな男だった」

やがて新宿に着くと一気にホームへと人が吐き出された。

すると男は改札に行くのではなく、今度も下りのホームに向かった。

変な人だなと思った途端、男がチラリとカスミに向かってコートを開いて見せた。

男は上半身裸だった。

が、そこは真っ赤に染まっていた。

「コートの内側に剝《む》き出しの剃刀《かみそり》の刃がずらりと貼《は》ってあったの」

男は満員電車の揺れを利用して自分の軀をコートの内側で刻んでいたのである。

思わず吐き気がしてしゃがみ込みたくなった。

顔を上げると既に男の姿は消えていた。

会社に着くとカスミは自分のお気に入りのスカートの裾《すそ》に赤いものがついているのを見

つけた。

血の染みだった。

カスミは泣く泣く、そのスカートを捨て、翌日から乗り込む車両を変えた。

エレベーター

「お気に入りのジャケットだったのに……」

サキさんは悔しそうにそう呟《つぶや》いた。

今年の二月、彼女はバイトで貯《た》めたお金で、あるブランド物の服を買った。

「それでクラス会に行ったんですよ」

ひさしぶりに会う仲間たちとの会話は楽しく、時間を忘れて飲んで食べた。

と、気がつくと既に終電を過ぎていた。

「で、どうせタクシーで帰るんならもっと遅くても良《い》いやと思って……」

普段、滅多に午前様になったりはしない彼女だったが、自室のあるマンションに着いたときには午前三時近かった。

エレベーターに乗るとすぐ二階から男が乗ってきた。

見知らぬ顔だった。

厭《いや》な気はしたが、酔っていたので下りるのが面倒だった。

男はボタンを押さなかった。

彼女の部屋は十二階にあった。

ボタンを押さないということは同じ階の住人だろうかと思った。

不審感はあったが男の手にコンビニのレジ袋があるのを見て、ちょっと安心した。

やがてエレベーターは十二階に到着した。

すると男は手を伸ばして一階ボタンを押した。

「変なの？　とは思ったけど。同じ階で下りるよりはマシだから……」

彼女はさっとエレベーターを下りた。

その時、定かではないが背後で男が動いたように思えた。

外に出てエレベーターの扉が閉まったと思った途端、ジャケットが引っ張られ、転びそうになった。

「なに？　なに？」

腰砕けにしゃがんでしまった彼女はもがいた。

ドンッと軀《からだ》がエレベーターに引きずられ扉にぶつかる。

尚も引っ張られそうになったので彼女は必死になって抵抗した。

すると次の瞬間、ビリッと厭な音を立てながらジャケットが裂け、生きているようにエレベーターの扉の隙間《すきま》に潜り込んで消えた。

「びっくりして言葉もでませんでした……」

呆然《ぼうぜん》としていると残ったジャケットの一部がまたビリっと音をたてた。

何かが刺さっていた。


「釣り針が後ろから刺してあったんです」

男は彼女に釣り針を掛けると、そのままエレベーターを使って下りたのだった。

「刺されたのが首とか、顔でなくて良かったけれど……」

十万円のジャケットは一度で駄目になった。

以来、エレベーターはいつでもひとりで乗ると決めたという。

昔の男

初め声をかけられたとき、相手が誰なのかわからなかったという。

「なんだか凄《すご》くなれなれしくって。あ！　リョーコちゃん、久しぶりだねぇ。元気だった。なんていうから……」

街中でその男に声をかけられたとき、杉本さんはまるで心当たりがなかった。

「もしかしたら田舎の知り合いかなとも思ったんですけれど、全然、記憶にないのよ」

まあ、都会ではそんな奇妙なこともあるのかもしれないと彼女は曖昧《あいまい》に「ああ、ええ、まぁ」などと返事をして誤魔化した。そしてそれっきりその男のことも、その出来事も頭のなかから消えてしまっていた。

「あ、また逢《あ》ったねえ」

なれなれしく声をかけられ顔を上げるとあの男だった。

「歳《とし》は五十半ばかな。髭剃《ひげそ》り跡が青々としてなんだか凄く気味が悪かった。唇が赤くてね。

にやにやしているの」

彼女が勤めているのは銀行のテナー、いわゆる窓口係である。

「リョーコちゃんがここの銀行に勤めているなんて奇遇だなぁ」

そう言うとその男は懐から部厚い封筒を取り出し、口座の開設を依頼してきた。

書類に記入された名前にも全く憶《おぼ》えがなかった。ますます混乱するばかりだ。

「イノウエっていうんだけど。そんな知り合いは親戚《しんせき》にもいないのね」

なんだろう……。男は彼女の戸惑い顔も意に介せずといった涼しい顔でいる。

月に二度ほど実家から電話がかかってくる。杉本さんは母親にイノウエという名前に憶えがあるかと訊《たず》ねた。

「そうねえ。酒屋さんはイノウエでしょ」

「だって、それならわたしが知らないわけないじゃん」

「お父さんの同僚の方かしら」

杉本さんは二十歳《はたち》の時、お父さんを癌《がん》で亡くしていた。住宅販売を手がけていたお父さんは顔が広く、知り合いも多かった。

それから男は三日にあげず彼女の銀行を訪れた。しかも番号札を取っても杉本さんの窓口が空くまで待っている。係の者が空いている窓口を教えても笑って手を振り、彼女の窓口が空くまで待つのである。次第に銀行のなかでも噂《うわさ》になっていた。誰なのか？　というのである。銀行が詮索《せんさく》するのには理由があった。男の出金入金が妙なのである。

「自分の預金から大金を引き出したかと思うと翌日にはそっくりそのまま入金をしにくるんです。まるで何の意味もなくくり返しているように思えるんですよ」

ある日、上司に呼ばれた。イノウエとはどういう関係なのかというのである。

知りませんと答える他なかった。上司は納得し難いという顔をしていた。

「あの、わたし、イノウエさんとどこかでお会いしましたっけ？」

遂《つい》に彼女はいつものように窓口にやってきた男にそう訊ねた。

すると男は嬉《うれ》しそうに顔をくしゃくしゃにして笑った。

「嫌だなぁ。忘れちゃったんだ。残念だなぁ。僕と君は特別な間柄なのに」

意味がわからなかった。ただ男の目に何か異様な光を見たような気がして、背中の毛が立った。

そして男の言葉は隣の窓口の女性の耳にも届いていた。噂はあっと言う間に支店のなかに広がった。

給湯室でトイレで、こそこそひそひそと彼女がやってくるとパタッと止まる噂話が始まった。みな、男がやってくると杉本さんの顔を面白半分に窺《うかが》う。

限界だった。

「ごめんなさい。わたし、あなたのこと全く憶えていないんです」

彼女には婚約者がいた。別の会社だとはいえ、妙な噂が立つのは迷惑だった。

ケジメをつけようと思った。

すると男はむすっとした表情になり「心外だな。君には少々、失望したよ。君は僕の前で一糸まとわぬ身を晒《さら》した癖に」

「でたらめ言わないでください！」

声を荒らげると男は更に笑った。

「いいよいいよ。判ってる。昔から君は照れ屋さんだったからね」

彼女は自分の背中に向けられた周囲の視線をひしひしと感じていた。男はそれから暫《しばら》く姿を見せなくなった。が、帰りのバス停でイノウエは待ち伏せていた。

「本当に憶えてないんだね」

いきなり耳元でそう呟《つぶや》かれ、物思いに耽《ふけ》っていた彼女は度胆を抜かれた。

「いったい何ですか！　警察を呼びますよ」

警察という言葉を聞いた途端、男の顔色が変わった。

「呼んでみな。困るのはリョーコのほうだと思うよ。俺は悪くないんだから」

「いったい、なんなんですか、あなたは？」

「一九九九年八月十三日は君にとっても僕にとっても特別な日だと思ったけど」

その日付を聞いて彼女は愕然《がくぜん》とした。

「その瞬間、全部つながったんです。イノウエは過去の悪夢そのものでした。その日はわたし、両親に黙って堕胎した日だったんです。イノウエはそのときの医者だったんです」

彼女の顔色を見たイノウエは記憶が甦ったことを悟ったのか、またニヤニヤ笑い出した。

「ちょっとで良《い》いから付き合ってよ。一度だけで良いから。そしたら二度と君の前に僕は現れないから」

杉本さんは断れなかった。

イノウエは彼女をマンションの一室に連れ込むとコーヒーを飲むように言った。飲んだ途端、意識が無くなり、気がつくとベッドに手錠と足枷《あしかせ》で縛りつけられていた。裸だった。

「昔より太ったね。あの頃の君はがりがりで……」

同じく裸になったイノウエは手に水槽を持っていた。暫くするとそのなかから摘《つま》んだ泥のようなものを彼女の軀《からだ》に落とし始めた。ひやっとする感触とともに胸に落ちたそれがヌルリと動くのが感じられた。泥は次から次へと落とされた。するとぬるぬるとそれらは動き始め、やがて止まった。

「かつて中国では生娘《きむすめ》の生き血をこのようにして飲んだそうだよ。これだと殺さずに済むからね」

泥は見る間にピンポン玉大に膨らんだ。イノウェはそれを摑《つか》むと引き剝《は》がし、やにわに囓《かじ》った。口から血が滴った。

泥だと思ったのはヒルだった。

杉本さんは全身にヒルを這《は》わされ、血を吸われ、その血をイノウェにヒルごと食べられた。ようやく解放された時には口も利けなくなっていたという。

「幸いイノウェはそれ以来、現れません。でも、いつまたやってくるかと怖くて。今度、来たら絶対に殺してしまうと思う」

杉本さんはそういって長い間、痣《あざ》になっていたというヒルの吸い口のひとつを見せてくれた。

約束

「確かに約束したらしいんですけど、でもそういうのって付き合ってるとしちゃうじゃないですか?」

恵子さんは友人の話を教えてくれた。

「エミっていうんですけれど……」

エミは恵子さんがバイト先で知り合った十九歳の女の子、別れたはずのカレがいまだにしつこく連絡を取ってくるので困っていると去年の夏、相談を受けたのが始まりだった。

「彼はサーファーだったんです」

ふたりはエミがボディーボードをしに行った海で出会った。出会って二日目でプロポーズしてきたという。エミは幸せだった。

「でも、エミが結婚しても良《い》いよって返事をしてから」

態度がガラリと変わった。

「とにかく朝から晩までメールがすごくなって。ちょっとでも返信が遅いと、どこにいたんだとか、誰といたんだとかチェックがすごいの」

人と会っていてメールを返せなかったなどというと、自分より大事な人間が親の他にいるはずがないだろうと怒鳴られる。直接、電話をすれば叱《しか》られたまま一時間以上電話を切ることができなかった。

次第にエミは彼が怖くなっていった。

「その頃、ようやくエミも何でこれだけイケメンなのに彼女がいなかったんだろうって理解できたって。彼は嫉妬《しっと》深すぎて彼女ができても女の子のほうが引いちゃうのね。だから、いつも女に飢えてるし、できると束縛がすごいのよ」

そんなエミの気持ちを察したのか彼が【愛の誓い】を作ろうと言い出した。

「それがね。軀《からだ》に相手の名前を彫ることだったの」エミは厭《いや》だったが、彼の剣幕には逆らえない。最終的には「わかった」と頷《うなず》いてしまったという。

その夜、彼から写メが届いた。

「一枚目には腕とカッターナイフを持った手。二枚目では腕が切られていたんだって……」

写メはパラパラ漫画のようにカッターで肌を刻む度に撮られ、送られてきた。

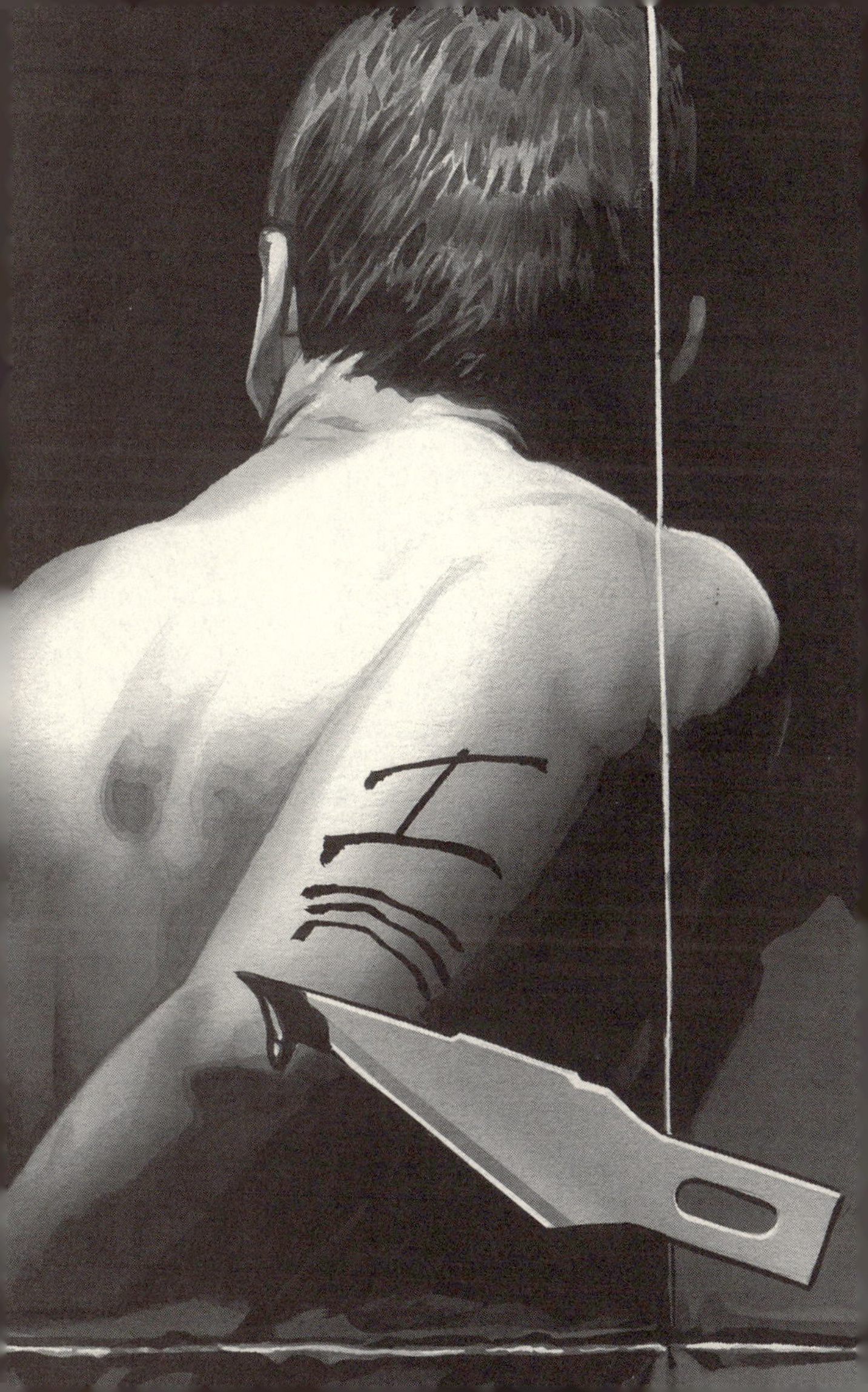

最後には血塗《ちまみ》れの肌に不器用なカタカナで【エミ】となっていたという。

「でも、痛みをこらえてやったから刃の深さや傷の付け方もチグハグで【ミ】の部分なんか線と線の間が狭くて皮膚が完全に浮いちゃってんの」

『次はおまえ……』

彼からのメールが来た。

エミは何度か試そうとしたができなかった。皮膚に傷をつけるのが怖いというのもあったが、既に心の離れた人の名前を彫ってどうするんだろうと思った。

結局、カッターナイフを持った写メしか送れなかった。

するとメールが来た。『どうした? 待ってる』彼女が返事を送らないと翌日、『今日は待ってる』と来た。それでも送らないと『怖くなったのか?』『返事しろ』『頼む! 連絡か写メくれ』『待ってる待ってる凄《すご》く待ってる』『待ちくたびれて死にそうだ』『ああ、マジでエミの肌に刻まれた自分の名前がみたい』『みたいよ~』『みせてよ~』『早く早く』とエスカレートし、同時に着信がバンバン入るようになった。

「当然、もう彼女は怖くて出れなくて」

着信だけで一日に六十回、メールは百回を超えた。彼からのメールは『ひとりで彫るのが怖ければ、俺がみてるから』『痛み止めと化膿《かのう》止めを買っておいた』『医者の知り合いから麻酔薬を貰《もら》っても良《い》いよ～』『早くやれよ』『初体験の痛みに比べれば何でもねえべよ』となり、最後には『俺がしてやるから待ってろ』となった。

恵子さんは「絶対にヤバイから外出するときには気をつけたほうが良いよ』と注意をうながし、親にもちゃんと説明したほうが良いといった。

「でもエミは親に言う前に彼にメールで別れようっていったみたいなんですよ」

すると彼から『約束は?』『俺だけピエロかよ』『慰謝料払え』『約束破る気か?』と猛烈なメールが来たという。

エミはその前から気持ちが冷めていたことなどをちゃんと書いたが、彼は全く耳を貸さず、ただ『約束を破った』『男ができたな』『絶対許さない』というようなことをくり返すだけだった。

エミは携帯を変え、バイトも辞めた。

「幸い、彼とは短い付き合いだったんで実家までは教えてなかったみたいなんですよ。だからしばらくは安心かなと」

携帯を変えて一ヶ月も経《た》たない頃、恵子さんたちバイト仲間が彼女も呼んで居酒屋で飲むことがあった。するとその最中、突然、見知らぬアドレスで写メが届いた。彼だった。

エミと前に彫られた名前の傷の上に削除するように新しい二本の傷が走り、横に『コロス』と付け加えてあった。

「うわ！　なにこれ！」

覗《のぞ》き込んでいた友だちが悲鳴をあげ、一気に場が冷えた。そして全員がヤバイから帰り道は気をつけた方が良いと言った途端、新しいメールがどんどん入り始めた。一枚目、暗い道を歩いている人物。二枚目、タクシーを止めようと手をあげている人影。……明らかに彼女だった。

「ええ！　なにこれ！」

三枚目、四枚目と続き、五枚目になった時、彼女たちは凍った。

「自分たちが今いる居酒屋に入るところが写ってたの」

そしてラスト。テーブルで話をしている自分たちが写っていた。彼らは周囲を見回したがそれらしき人物は見当たらなかった。「とにかく帰ろう」みんなはそそくさと席を立った。

「あっ！」靴を履こうとしたエミが叫んだ。見るとヒールから何かが出ていた。

皮だった。

「引き裂いた腕の皮が丸めて入れてあったんです」

誰がいつ入れたのか誰も見ていなかったという。

エミはそのままタクシーを呼ぶと実家に直行し、そのまま姿を消してしまったという。

「で、今年になってからハワイの大学に留学しましたっていう葉書が来たの。あの子、ハワイまで逃げたのよ」恵子さんは溜息《ためいき》をついた。

アフリカンダイエット

「アフリカの人って、どうしてあんなに痩《や》せてスラッとしてるか、わかる?」

クラブに遊びに行った美優《みゆ》は先輩であるミサトさんにそう話しかけられた。

「ミサトさんは女性DJをやっていてすごくカッコイイの。だから一度、ライブに行ってファンになっちゃって」

ミサトさんはフィットネスで体を鍛え、体形を維持しているのだと教えてくれた。

「で、最近、考えているのがアフリカンダイエットだっていったのね」

彼女は、あなたたちも試してみる?

とサンプルをくれた。

一日一錠、寝る前に七日間飲むだけで、軀《からだ》のなかにアフリカの人たちしかもっていない特殊な酵素が生まれ、一生その効果が続くのだという。

普段から体重を気にしていた美優はさっそく試すことにした。

「ところがね、三日ぐらいしたとき、薬の上にお茶をこぼしちゃったの」

慌てて拭《ふ》いたのだが、一錠だけはお湯を吸ってしまっていた。

「七日やんなくちゃいけないのにってすごく困ったのね」

彼女は濡《ぬ》れた錠剤を、ティッシュにくるむと乾燥させようと、こたつに入れた。

その夜、そのことをすっかり忘れていた彼女は母親の悲鳴でびっくりする。

慌てて二階にある自分の部屋から飛び出すと、こたつの脇に呆然《ぼうぜん》と母親が立っていた。

「どうしたの」

と言うと、怯《おび》えた表情でこたつ布団を指差した。

美優がめくるとそこには白い胡麻《ごま》のようなものが溢《あふ》れかえっていたという。

「小さな蜘蛛《くも》だったのね」

それは彼女が包んでおいたティッシュから生まれていた。

彼女は腰が抜けてしまった。

「結局、わたしは虫下しみたいな薬を飲んだんだけど、先生が言うにはこういう風に虫を使ってダイエットが成功したら殺虫剤を飲むっていう悪い詐欺みたいな手口があるんだって。その蜘蛛は胃の中に巣を作るタイプらしくって、それで栄養を減らせるっていうんだけどね」

蜘蛛なんて一度、巣くったら、大変だよと医者はあきれ顔で言った。

「あとで聞いたらミサトさん、まずわたしたちに試させてからやろうとしたみたい。彼女がその後どうなったなんか知らない。頭きて良かったですよって言ってやったから。本人、試したんじゃない」

美優はそう呟《つぶや》いた。

ホラー映画

学生時代の太田さんは大の映画ファン、それも邦画のファンだった。

「『男はつらいよ』とか大好き！　あの昭和の風景を見ているだけでも心が安らぐんですよね」

幸い、洋画のロードショーほど高い値段でもなく安く見ることができた。

「コツは安売りのチケット屋さんで買うことなんです。邦画は封切られると途端に通常の半分の値段になったり、公開終了間近になると五百や三百円になったりもするんです」

毎日、学校が終わると映画館へと通っていた。

本当に幸せな日々だったと彼女は言う。

が、問題もあった。

「今はシネコンができて、軒並みどこの映画館も清潔で安全になりましたけれど……当時は本当に汚いところもあって。特に邦画系の映画館は酷《ひど》かったんです」

彼女の話では雨漏りするところさえあったのだという。

「それにお客さんも、みんな男の人ばかりで、それもガテン系の人が圧倒的でした。だからわたしも女女して見えないようにジーパンにジャンパーとかで武装してました」

ところがある日、映画を見ていると突然、目を触られた。

「後ろから近づいて来たんですよね。すっと目に指を入れられて」

強くされたわけではないので痛みはなかった。

ただ驚きと恐怖で声も出せなかったという。

「取り敢《あ》えず気が落ち着いたところでロビーに出て、被害をスタッフの人に言ったんですけれど」

怪我《けが》をした様子のない彼女の訴えにスタッフの反応は鈍かった。

「で、そのうちなんだか自分がクレーマーのような扱いになってきちゃって」

彼女は驚いて劇場を後にした。

帰宅して確認しても目に異常は見られなかった。

「でも、三日ほどすると酷く目ヤニが出るようになったんです。もう、朝なんか目が開かないぐらいで」

驚いた彼女が眼科を受診すると、医者は目がすっかり淋菌にやられていると注射と抗生物質を処方した。

「変な男と付き合っちゃだめよってしたり顔で言われたのが悔しくて悔しくて」

医者の話では淋病に罹《かか》った男の指が目に入ったのだろうとのことだった。

「怖いのは淋菌って眼球を食べるらしいんですよね。あのまま放っておいたら間違いなく失明していただろうって言われました」

以来、彼女は洋画ファンになった。

自己催眠

「人が怖いっていうんじゃないんだけど」

桃子《ももこ》は高校生の頃、一冊の本に出会った。

古本屋で買ったというのだが、それは一種の自己催眠によって潜在能力を活性化する本だった。

「なんか眠っているだけで頭がよくなったり、本来もっている力を引き出せるっていうからね」

もっと成績を楽に上げたいと願っていた桃子は夜、寝る前にひとりで自己催眠の練習を始めた。

「深呼吸をして軀《からだ》の一部が温かいとか重いとか暗示をかけていくんだよね」

大抵はそのまま眠ってしまうのだが、あるときから簡単にイメージ通りの感覚を摑《つか》めるようになった。

「凄《すご》く嬉《うれ》しかった。これで自分を高める第一歩が踏み出せたと思った」

桃子は一生懸命に努力した。

そしてある時、それは叶《かな》えられた。

「なんか気がつくと頭のなかに単語とか公式がすっと入ってくる感じがして、自分でもびっくりしたの」

その時のテストは思いがけない好成績だった。

彼女はもっと凄くなろうと自己催眠のトレーニングを続けた。

が、そううまくはいかなかった。

「うまくいくときは軀がポッと温かくなって安心した気持ちになれるんだけれど……」

そうでない場合には、時折、残酷なイメージやとても怖ろしいものが浮かぶ。

「目の前で家族が殺されたり、何かから必死になって逃げていたり……」

そんな風に催眠に失敗した朝は、全身がぐったりと疲れてしまうのだという。

「ところが失敗するときのイメージがそれだけじゃなくなってきたの」

あるとき、イメージのなかで襲ってくる怪物を槍《やり》のようなもので突き殺したことがあった。

すごく生々しく、起きたあとでも手に感触が残っていた。

「なんだかリアルすぎて本当は不気味なはずだけど」

なんと気持ちが良かったのだという。

獣のように叫びながら怪物が動かなくなるまで刺し続けるというのは凶暴な手応《てごた》えを彼女に感じさせた。

「でも、やっぱり覚めるとぐったりしているし、なぜあんなに残酷なことを喜んでいたのか、わからなくなる」

ある時、気がつくと同室の妹の首に手を掛けていた。

「力を入れる直前で我に返ったの。覚めなかったらどんなことになるかと思ってゾッとした」

その後も、妙なイメージになることが多くなった彼女は、自己催眠を止《や》めることにした。

しかし、止めているにもかかわらず寝たはずなのに突然、壁に頭をぶつけたりすることが頻繁に起きた。

「夢遊病の一種かなとも思うんだけど、一番驚いたのは夜中に玄関から出ようとしていたこと。キチンとスニーカーの紐《ひも》も結んでいたの。眠っていてよくそんなことができたなと思って……」

出なかったのは、たまたま掛けられていたドアチェーンを外せなかったからだという。

「だって自分でドアチェーンをいじっている最中に気がついたんだもん」

段々、怖くなってきた。

催眠を止めているのに、一旦《いったん》寝ると、再開されてしまう。

誰にも相談しなかったが、そろそろ限界に来ていた。


そしてそんなある日、自室で寝ていたはずなのに酷《ひど》く寒くて、目が覚めてしまった。

「なんだろうって目を開けたら」

住んでいるマンションの屋上に立っていた。

「ヘリに出る階段の手すりを握っていたから落ちなかったけど」

以来、カウンセリングと薬の投与を受けて症状はなくなっていったという。

それでもたまに妹から、

「お姉ちゃん、昨日は寝ながら怪物みたいな声だしてたよ」

と、言われることがあって落ち込むのだという。

夜道

ひとりで暗い夜道を歩いている。

人気《ひとけ》のない道。

両側には高い壁の民家があり、窓は真っ暗だ。

ふと見るとスーツ姿の男が前を歩いていた。

携帯メールを打ち、顔を上げると男との距離がいやに近い。

男の背中が暗がりのなか、ひょこひょこ揺れている。

ゆっくり歩くことにし、男と離れようとする。

しかし、背中を向けた男は遠ざからない。

ハッとして目を細めた瞬間、スーツも靴も前後ろに着た男がニヤニヤ笑いながら自分に近づいているのに気づく。

アイチテクダチイ

ショウコさんの部屋は都内のマンションの最上階。

最近になって早朝になると一羽の白い鳩《はと》がベランダに来るようになった。

土鳩ではないので綺麗《きれい》だなとは思っていたが、毎度毎度ではさすがに鬱陶《うっとう》しいし、追い払おうとした、……が動かない。

「窓を開けて、シッて言っても少し横歩きする程度なの」

実はショウコさんには小さい頃、嫌な思い出があった。

「小学校の頃、下校途中で段ボールを見つけたのね」

なかには子猫が入っていた。

「友達とふたりで暫《しばら》く、いじっていたら放せなくなっちゃって」

どうにかして家で飼って貰《もら》おうと、彼女は腕のなかにまだ目も開いていない子猫を抱くと歩き始めた。

小さなふかふかした塊は、にゃーにゃーと弱々しく鳴いていた。

「かわいいねぇ」

「飼って貰えるかな」

「無理だったらどうしよう」

そんなことを話しながら歩いていると、突然、突風で顔が煽《あお》られ、目の前が遮られた。

固い紙のようなもので頬《ほお》が殴られた途端、腕が引っ張られた。

気がつくとふたりとも地べたに倒れ、呆然《ぼうぜん》としていた。

子猫のみーみーという鳴き声が空からしていた。

見上げると大きな鳥が子猫を摑《つか》んで飛び去っていくところだった。

「たぶん、トンビか何かだと思うんだけど。あれからわたし、鳥が苦手になって……」

鳩は連日のようにやってきた。

単に無視すれば良《い》いのだが、妙なトラウマがあるだけに気になる。

と、そんな時、よくよく見ると足に小さな筒のあるのがわかった。

彼女は静かに鳩に近づくとそれを外した。

「簡単なプラスチックの筒だったのね」

なかには小さな短冊の紙。

【アイチテル】

と、滲《にじ》んだような赤い文字。

「いきなりどこからか覗《のぞ》き見されているような気がして……」

目の前に広がる風景を見て、ゾッとした。

彼女は思わず紙を捨て、部屋に戻った。

翌朝、また鳩が来た。

筒を下げていた。

【アイチテクダサレ】

とあった。

近くの派出所に相談に行ったが、応対に出た五十がらみの警察官は「伝書鳩なんて今時、古風なストーカーだねぇ」などと茶化してきた。

「それから何だか、人の目がすごく気になるようになって」

バスに乗っても背後が気になる。街のエスカレーター、会社のエレベーターでさえ背後が気になるようになってしまい、疲れ果てた。

鳩はそれからも毎日毎日、やってきた。

そして文の内容もエスカレートした。

【ソバニイテクダチイ】

【ズットイテクダチイ】

【ボクガシンダラシヌホドナイテクダチイ】

【チヲクダチイ】

うんざりした彼女は忌々しく鳩を追い払ったりしたが、しつけられているのか筒を取って貰うまで鳩は諦《あきら》めない。

「一旦《いったん》は逃げても、また帰ってくるんですよね。それにわたしも嫌なんだけど何が書かれているのか、気になってしまうところがあって……」

ついつい見てしまう。

そしてある日、筒のなかに紙ではなく、ドロリとした赤黒い液体と髪やウロコのような爪《つめ》が一枚、まるごと入っていた。

「うわっ！」

ショウコさんは思わず、鳩を乱暴に手で払ってしまった。

『ゴラァ！』


突然、頭上から野太い声が降ってきた。

無精髭《ぶしょうひげ》で真っ青な顔をした男が屋上の手すりを越え、ひさしから彼女を見下ろしていた。伸ばした腕が彼女の髪に触れそうだった。

部屋に飛び込み、すぐさま彼女は警察に電話をしたが男は捕まらなかった。

警察の調べでは男は毎朝、屋上に来ては、ベランダに出た彼女が鳩の筒から手紙を取り出し、読むのを間近で観察していたはずだ、とのことだった。

「高校時代につきあってた人なんだけど」かおりさんはそういうと暗くなった。

「彼は陸上部で走り幅跳びをしていたんですね。背も高くてすらっとしていて女子には人気がありました」

ふたりは高二の秋から付き合い始め、そして卒業後、暫《しばら》くしてから別れることになった。

「彼が東京の大学を希望したんでわたしも受けたんですよね」

すると彼女は合格したのだが、彼は落ちてしまった。

「模試の判定なんかでは絶対に合格圏内だったんで、本人はものすごく納得できなかったみたいで」

慰めようとする彼女に対し、徐々に陰険な嫌みを言うようになった。

「運の良《い》い奴にはかなわない、とか。教授は馬鹿だから女の方が男より入り易いとか……だんだん慰めているほうが馬鹿みたいに感じられてきちゃって」

やがて上京間際になると彼は『休学しろ』と迫ってくるようになった。

「彼は一応、地元で浪人することになったんですけれど、ひとりでわたしを東京に出しておくのが心配だから、休学しろ、金は何とかするっていうんです。でも、そんなことできるはずもなくて」

彼女ははっきりと断った。

「そしたら彼はワッーとなっちゃって。女の癖に学歴なんか気にするのか！　って一年ぐらい待ってたって大学は逃げやしないんだ！　って。すごく怖かった」

結局、彼女は彼とははっきりさよならをせずに上京し、入学した。

彼からは毎日、封書が来た。

「メールの方が簡単なのにと思いましたけど、それだとすごく頻繁になりそうなのでやっぱり手紙で良かった。始めの頃は普通のやりとりでした。手紙だから彼比較的冷静だし。こっちもまだこちらの生活に慣れてなくて寂しさもあったから来るのが楽しみな面もありましたね」

ところが彼女が生活に慣れ、返事を忘れると内容がおかしくなってきた。

「男がいるんだろうっていう話ばかりになってしまったんです。そしてそれを打ち消そうとして、付き合ってた頃、どこでキスをしたとか、何をしたとかっていうのをしつこく書いてきては、感動した嬉《うれ》しかったって……」

嫌気がさしてきた。そうなると気持ちが離れるのは早い。彼女は返事を書くのを意識的に遅らせるようにした。

「スパッと切るのはなんだか怖かったので徐々に自然消滅させたかったんです」

すると途端に手紙が増え始めた。

「封書じゃないんです。葉書。それに『どうした?』って大きく書いてあるのが一日に何枚も届くようになって」

驚いて、サークルの活動が忙しかっただけのと、こじつけて返事を出すと封書に戻る。また放っておくと『どうした?』と書かれた葉書が増え始めた。

しかし、彼女はますます彼のことが苦手になり返事を書くのも受け取るのも苦痛になって手紙を出さなくなった。そして返事が届かなくなると『どうした?』の葉書。

「でも、ある日、こんなことしてても仕方がないと思って」

それでも出さなかった。すると『どうした?』が増え始めた。最初は一枚に大きく書かれていたのが、段々小さく、その代わりに『どうした?』が増えていった。しまいには細かな字でびっしりと『どうした?』と書かれていたという。

「怖かった。なんだかあの付き合っていた彼のイメージとは別人のような気がして。本当に気味が悪くなってきたんです」

おまけに知り合いに近況を聞いてみると彼は引きこもりのような状態になってしまい予備校にも通っていないようだと知った。

しかし、手紙は止《や》まなかった。

ある夜、彼女がサークルの飲み会で遅くなって帰るとアパートの階段の下で何かが動いた。見ると大きな影がのっそりと灯《あか》りの下に出てきた。背中まで届く長い髪のデブだった。デニムのオーバーオールにピンク色のシャツを着ていた。

彼女は悲鳴を嚙《か》み殺して部屋に駆け上がった。

その人物が「どうした?」と低い声で言ったのを耳にした。

「それから携帯が鳴り出して、ドアがコンコン叩《たた》かれたんですけれど。絶対に開けませんでした」

自分の知っている彼ではなかった。二、三十キロは太ってしまったのだ。肉まんに目鼻を埋め込んだようになっていた。

メールには『逢《あ》いたい逢いたい』『愛してる』との連呼が綴《つづ》られていた。

布団を被《かぶ》っているうちに寝てしまった――深夜、頰《ほお》を指で突かれた。

目を開けるとぱんぱんに太った肉のなかに彼の面影のある顔が彼女を眺めていた。悲鳴をあげそうになった。『しーっ』と彼が太い針を取り出した。

ブツリッ。嫌な音がすると彼は針を自分の頰に差し込んだ。

「針には赤い糸が通してあって……」

ずるずるずるる……。

彼は口から針を引き出すと糸をたぐった。そして震えている彼女に迫ると頰を摑《つか》み、針で穴を空けようとしたという。

「赤い糸だぞぅ」彼は赤く血に染まった歯を剝《む》き出して笑った。血が彼女の目に飛んだ。

その瞬間、彼女は全身で彼に体当たりしたという。

「もう無我夢中で。勝手に軀《からだ》が動いてしまったんです」

真っ正面から鼻柱に頭突きを食らった彼は仰向《あおむ》けに倒れた。彼女はそれをまたぐようにしてベッドから飛び降りると逃げ出した。

警官と一緒に戻ると既に彼の姿は消えていたという。

「それっきり彼は実家にも戻ってなくて、どこに行ったのかわからなくなっちゃったんです」

やがて彼の親から失踪《しっそう》届けが出された。それでも時々、『どうした?』と書かれた葉書が届く。それには何故か、いつも消印がないのだという。

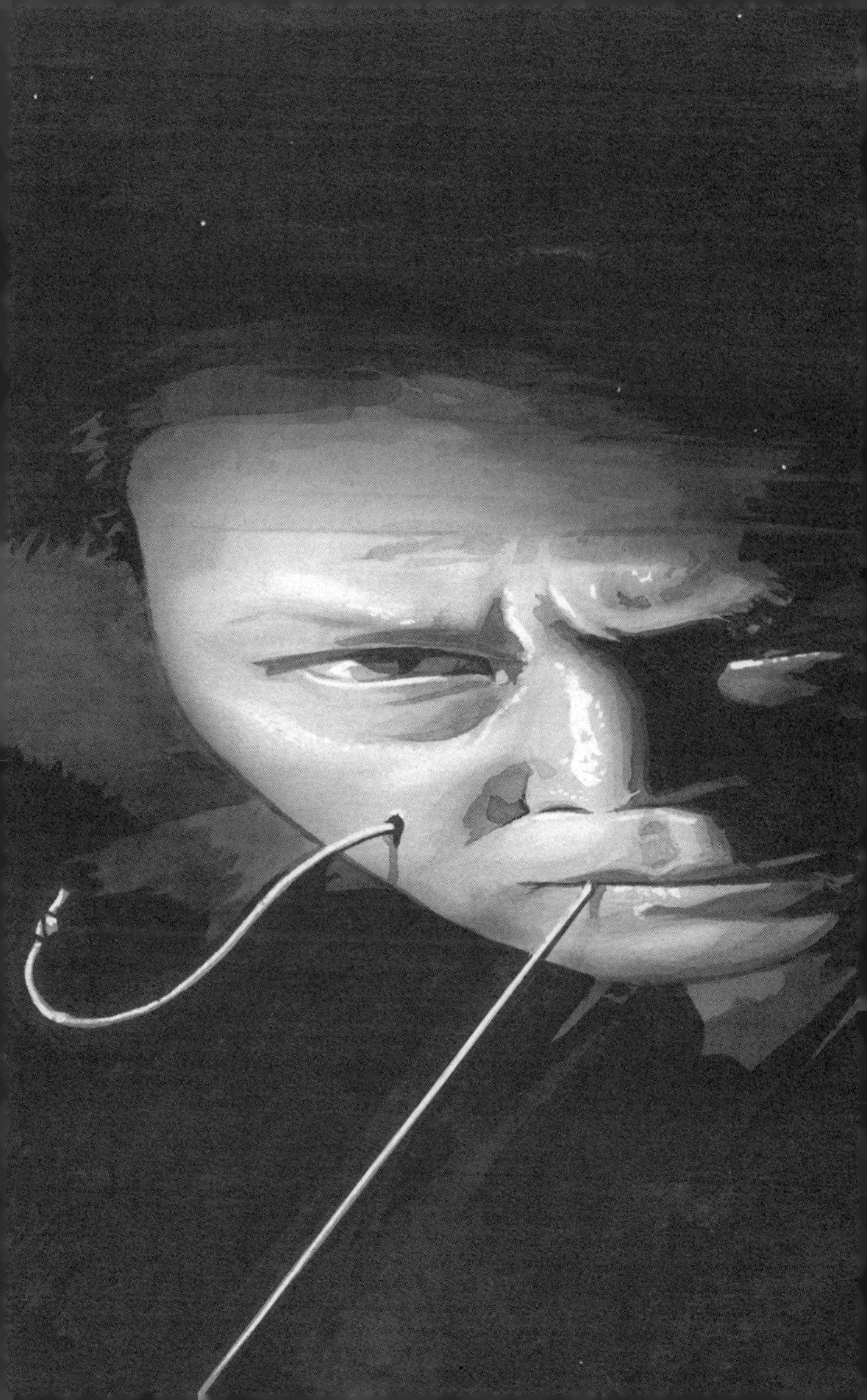

スカウト

ヒロミが原宿でスカウトされたのは一年前、高校三年のときだった。

「夏休みで就職の内定は貰《もら》っていたから、もう思いっきり遊ぶぞーって感じだったのね」

その夏は、ほぼ毎日のように埼玉の実家から原宿まで通っていた。

「だって就職したのが地元の会社だったから、就職したらもう絶対、簡単には来れないと思ったのね」

ヒロミは小学時代の幼なじみと共に原宿通いを〈お百度参り〉と呼んで、絶対に卒業までに百回は行こうと固い決意で臨んでいた。

そんなある日、いつものように原宿へ行こうと準備をしていると、幼なじみからおとうさんに止められたから、今日は行けないとメールが入った。

「なんだよ、ドタキャンかよって思ったけど、彼女の家はわりと厳しいから」

仕方ない、今日は諦《あきら》めようかと思ったが、やはり行くことにした。

「だって、そんなことぐらいでメゲてたらお百度はできないじゃないですか」

「なんか意味あるの？　お百度って」

「それはファッションとか芸能の神様が、きっとなんか良《い》いことをしてくれると思ってたわけよ。絶対にこんだけ頑張ったんだから、なんかしてくれるって……」


その日は、いつになく暑い日だった。

「もうギラギラでさ。立ってるだけでも灼《や》けていく感じ」

彼女はいつものように気に入った店を順番に回り始めた。

するとスカウトらしい男から声をかけられた。

「普通のサラリーマンに見えた。駅のホームで見かけるような」

その風采の上がらない男は、水着を試着して感想をアンケートで答えてくれたら一万円払うと言う。

迷った。

正直なところ連日の出費でお金は欲しかった。

彼女はやることにした。

「だってその人が十分ぐらいだっていうんだもん」

場所は竹下通りから少し離れた、倉庫のようなところだった。

別の人間が現れ、彼女に簡単なプロフィールを書かせ、新品の水着を渡した。

「着替えはロッカーがこの裏にあるから」

教えられた部屋に行くと壁に小さなブースがあった。

彼女はさっそく、そこに入ると着替え、終わったことを告げるブザーを押した。

しかし、誰も来なかった。

「いっくら泣き叫んでも誰も来ないのよ。結局、二時間ぐらい閉じこめられて。最後にはドアを壊して逃げてきたの」

外に出ると誰もいなかったという。

数日後の深夜、彼女の携帯が鳴った。

非通知だった。

「もしもし」

出ると相手は無言で、代わりに、女の泣き叫ぶ声が聞こえてきた。

自分の声だった。

今でもたまに夜、帰宅途中で通りかかった公園や、路地の奥から自分の声らしきものが聞こえるときがあるという。

そんな時は全力疾走で逃げることにしていると、ヒロミは言った。

「警察にも相談したんだけど、具体的な証拠がないから動けないっていうのよね……」

ミノムシ

カヤノは去年の夏、金欠でヒーヒー呻《うめ》いていた。このままだと九月の下旬、仲間と行くはずの沖縄旅行の費用が出せなくなりそうだった。求人雑誌にも片っ端から目を通していたのだが、納得できる仕事も少なく、たまに良《い》いのがあっても既に決まってしまっていた。

「やっぱり夏はガッツリ稼ごうって奴も多いから、なかなか難しいんだよね。それに最近は不況だから、ちゃんとした大人もどんどん入ってくるから」

するとある友達の元カレの紹介なんだけどと、連絡があった。

「あたしは逢《あ》ったこともない男で。あ、彼女とは親しいんだけどね。ロクな仕事じゃないんだろうなって思ったら」

一回二時間で三万だという。

「絶対にそれ風俗ジャンって言ったんだけど、違うって。ただ水着の仕事で寝てるだけの超楽チンだって」

カヤノは話だけは聞いてみることにした。すると話は本当だった。

相手の男は絶対に風俗じゃないし、脱ぎとか、そういうエロなことは何もないと断言した。

「それに、そのバイトしてる子はみんな普通の子だっていうんだよね。なかには高校生もいるっていうしさ」

二時間三万円は魅力的だった。

「旅行代が十二万でお小遣いとかも入れて十八ぐらいあれば問題ないと思ったの。そしたら六回やれば良いわけでしょう。六回ぐらいだったらエロなしならなんとかなるかなって」

彼女は引き受けることにした。

「当日、新宿駅の喫茶店で友達の元カレと友達と待ってると、そこで簡単な面接みたいなものがあったの」

五十過ぎの痩《や》せ細った、妙に目付きの悪い女がやってきたという。

「なんかすごい上目線で、ちゃんとやれるの？　なんていうのよ。だから、あたしもエロや風俗でなければやれますって言い返したりしてさぁ」

女は彼女たちを車に乗せるとある高級マンションへと向かった。見たこともないぐらい広くて、豪華な部屋だった。

「じゃあ、着替えてきて」

途中で自分もやってみると言い出した友達と一緒に隣室に入ると用意されている水着に着替えた。用意を終えて出てくると敷き布団が二枚あった。

「じゃあ、あの時計で二時間。この上で寝ていてね。何もする必要がないから本当に寝てしまっても良いわ。但し、立ち上がったり、声を出してはだめよ。そんなことをしたらお金は払わない。良いね」

女はそこのところだけ、ちょっとドスの利いた声を出すと、手をパンパンと叩《たた》いた。すると黒い服を着た男がふたり現れ、水着を着たふたりを調理用ラップで巻き始めたのだという。

「いきなりグルグル巻かれたから、ちょっと抵抗するタイミングがなくて」

女は大丈夫大丈夫と言いながら彼女たちを暴れないように落ち着かせた。

「そんなに痛くなかったけれど、とにかく驚いたのね。でも、女が三万円三万円って言うとなんだか、まあこれぐらいはされちゃうのかなっていう気もして。それに友達がグルグル巻きにされているのを見るとなんかおかしくて」

五分も経《た》たないうちに彼女たちはミノムシのようにされた。

「じゃあ、時間がきたら呼びにくるから」

女はそういうと転がっているだけの彼女たちに水泳のゴーグルを掛けた。ゴーグルにはマジックが塗ってあり、周囲が見えなくなった。照明が暗くなった。

その瞬間、数人の足音がした。

全員が無言で彼女たちを取り囲んでいた。どんな相手だか見ることはできなかった。ただただ耳と全身から伝わってくる気配でそう感じるのだった。

ぴちゃ……ぴちゃ。そのうちに妙な音が聞こえだした。熱いものがラップ越しに感じられた。すると友達のヒィという悲鳴が聞こえた。カヤノも我慢できず全身に広がっている感触を確かめようと肩を使ってゴーグルをずらした。

部屋のなかにはパンツ一丁の男達がいた。全員が仮面パーティーで使うような紙眼鏡で人相が判《わか》らないようになっており、彼女たちふたりはその真ん中に置かれていた。そしてしゃがんだ男たちによって……舐《な》められていた。男たちは彼女たちの手や足をラップ越しに舌を伸ばして舐めていた。

部屋のなかは男たちの息づかいと汗で物の腐ったような臭《にお》いが充満した。

見ると友達も歯を喰《く》い縛って耐えていた。ラップ越しとはいえ、舌の這《は》い回る感触が伝わってきた。

長い長い二時間が過ぎた。

部屋が明るくなるとあの女が戻ってきた。お客は大変に満足しているとほめられた。ふたりは約束の金を受け取ると無言で駅に行き、そこで別れた。

彼女とは、それっきりになった。勿論《もちろん》、二度とバイトには行かなかった。

「うまい話なんか絶対にないってことは学んだよねぇ」

カヤノはホーッと溜息《ためいき》をついた。

腐臭

「この仕事してると、男の人の性癖ってホントいろいろあるんだなぁって思う」

アヤカはそういって複雑な表情を浮かべた。

「中でもあの時はキョーレツだったなぁ」

彼女は出張ヘルス嬢だ。

東京23区を中心に、神奈川や埼玉方面にも出かける。

その日、彼女に入った仕事は新規の客だった。

自宅まで来てほしいという。

「本当は新規の客の自宅には行かないんだよね。ひとつは安全のため、もうひとつは衛生のため」

客の中にはクスリでラリっていたり、料金を踏み倒そうとしたりする者だけでなく、シャワーすら無い不潔な部屋に住んでいる輩《やから》もいるからだ。

「でも、その日は受付の手ちがいでオーダーを受けちゃったんだ。まぁ、仕事の少ない日だったし、ドライバーさんもすぐそばで待機してくれるっていうから引き受けたの」

彼女を乗せた車は深夜の道を飛ばし、三十分くらいで目的地に着いた。

豪奢《ごうしゃ》なマンションだった。

指定された部屋のチャイムを鳴らすと、出迎えたのは白いバスローブをまとったヒゲ面の大男だった。

髪が薄くギョロリとした目と黒々としたヒゲという面相は、まるでダルマのようだった。

「あ、あっ、ごくろうさまです。お呼びだてしてしまい誠に申しわけございませんっ！」

男は外見に似合わない甲高い声でなぜか謝ると、玄関の上がり口にいきなり土下座した。

「はぁ……？」

アヤカは一瞬固まったが、職業柄すぐに相手がM男だと気づいた。

「そんなとこにいたら上がれないじゃん」

と、ぞんざいな調子で応対してみた。

「お、お願いです。私を、このブタを踏みつけて行ってくださいまし女王様！」

男はうれしそうに叫ぶと、両手両足を広げ、ゴキブリを思わせる姿勢で床に張り付いた。

アヤカは当然のようにピンヒールを履いたまま、男を踏み越える。

ズボッとヒールが沈んだ時は〈やり過ぎたか!?〉と内心ヒヤリとしたが、男は「あひぃぃぃ!」と歓喜の声を上げた。

通されたのはかなりの広さがあるリビングダイニングで、黒いソファセットが置かれていた。また部屋の中央には、これも黒色のマットレスが敷かれている。

ソファやマットレスの表面が革や布製ではなく厚手のビニールということが、男のドM性を示しているのをアヤカは悟った。

「で、今夜はどうしてほしいわけ?」

ソファに座り、脚を高々と組みながらアヤカはたずねる。

香でも焚《た》かれているのか、甘い香りが室内に漂っていた。

「私をメチャメチャにしてください女王様!」

男は興奮した口調でいうと、またしても土下座した。

「女王、ジョウオウってお前それしかいえないの? アタシまだそんな歳《とし》じゃないし~」

こういう言葉の応酬もプレイを盛り上げるスパイスになることを熟知しているアヤカは冷たく言い放つ。

「すみません! ではこれからは——お、お姫、お姫さまと呼ばせてくださいっ!」

〈どっちも変わんねぇだろ〜が?〉

彼女は内心苦笑したが、相手が困っているのを見るのは楽しかった。

「じゃあまずローブを脱いでその汚い体を見せてみろ」

「ひぃ、はいっ!」

男は泣き笑いを浮かべてローブを床に落とす。

浅黒いが、やや脂肪の付き過ぎた体が現れた。

下半身は女物のショーツにピッタリと覆われていた。

「そんなもん穿《は》いて。このヘンタイ!」

アヤカが一喝すると、男は相好を崩した。

「ああそうなんです。わたしはへんたいです。このへんたいにばつをあたえてください、おひめさま」

と呪文《じゅもん》のようにいった。

自分の言葉に酔うタイプなのか、すでに目が泳ぎ始めていた。

それから数十分の間、アヤカは持参したSM道具や男の家にあったロープやローソクで黒ブタ氏を痛めつけた。男は歓喜の叫びを上げ続ける。

しかしどこか違和感があった。

「あいつ、アタシがショーツに手をかけると、マジ拒否るの。普通そういうのは羞恥《しゅうち》プレイのうちなんだけど、あれは本気でイヤがってた」

百二十分のプレイ時間が残り少なくなった。

アヤカが「もうイケる?」と問うと、男は「最後にお願いしたいことがあります!」と言って床から大ぶりのカッターナイフを取り上げた。

「それはアタシが手を付けなかった唯一の道具だった。単に大ケガにつながるだけじゃなく、病気の面からいってもキケンなの。出血を伴うプレイは」

「ウチの店ではそういうのやってないから」と彼女は断った。

が、男は「ただ刃を滑らせるだけでいいですからどうかお願いします」と平身低頭した。

結局、切るフリだけということでアヤカが折れた。

黒いマットに身を横たえた男に馬乗りになるとチキチキッとカッターの刃を押し出す。

男は「あひゃい!」と叫んでヨダレを垂らした。

薄い、鋭い刃を乳首や腹に這《は》わせる。

ジッとしているという約束だったのに、男は何度も急に身をよじって動いた。

用心してはいたが、それでも小さな傷ができて血が流れた。

「約束を守らないから、アタシもちょっとアタマにきてさぁ」

それで最後に罰の意味でアヤカは男のショーツの股間《こかん》部分を引っ張り、カッターの刃を当てた。

男が「ああっ！」と叫んで押さえようとするより早く、たるんだ尻の肉ではちきれそうになっていたショーツはプチンとはじけ飛んだ。

「ゲッ！」

目の前に飛び出してきた物を見てアヤカは呻《うめ》いた。

そこには腫《は》れ上がった女性器があった。

プーンと腐臭が漂う。

ショーツの裏には生理用品が張り付いていたが、それが血膿《ちうみ》でヌラヌラと光っている。

「な、何なのコレは⁉」

アヤカが思わず叫ぶと、男は飛び起きて股間を手で覆った。

「だ、だって女王様に命じられたから。せ、性転換手術を受けてこいって」

「ええっ、アナタそういわれて本当に取っちゃったの⁉」

「だって命令だよ。イタくて、イタくてしょうがないけど、女王様の命令だよ！」

男は叫ぶとプレイ料金を投げつけ、部屋を出て行ってしまった。

「キモかったから、アタシはそのまま帰ったよ。料金はちゃんともらったしね」

アヤカは店に戻るや、あの男をNG客のリストに加えた。

「あれは絶対ヤミオペだね。化膿《かのう》してたし。どこの女王様だか知らないけど、スゴいこというよね。あのまんまほっとくと死んじゃうかもしれない。ま、アタシがどうこういえる問題じゃないけどね」

彼女は冷めた様子で「ホント、男の性癖って理解できない」と呟《つぶや》いた。

微調整

「アニキから聞いた話なんだけど」

と、ヒロエは言った。

その女子大生はモデル並みにキレイな子だったという。

「かなりスカウトなんかもあったらしいんだけど全部、断ってたんだよね。頭が良《い》いからアメリカの大学に行って心理学を勉強したいって言ってたんだって。家もおとうさんがテレビ局の重役かなんかで、かなりなエリート家庭だったわけよ」

ヒロエは、そう言って、チューハイを呷《あお》ってみせた。

「お兄さんは大手広告代理店勤務だし、とにかく順風満帆な家だったわけ。ところがある日、突然、不幸が襲ったの。たまたま何かの用事で帰りが遅くなった日があったらしいのよ。いつもなら駅まで車で迎えに来て貰《もら》うか、タクシーを使うらしいんだけど、その夜はなぜか歩いて帰っていたんだよね」

仮にその子をサキとする。サキは友達にメールしながら音楽を聞いていた。月の輝く夜だったというから、道はかなり明るかったに違いない。近所のコンビニで、ちょっとした買い物を済ませ、自宅から目と鼻の先のところまでやってきた途端、軀《からだ》の中身が潰《つぶ》れてしまいそうな強い衝撃に吹っ飛んだ。地面に倒れ動けなくなっていると車から下りてきた男が彼女を後部座席に放り込んだ。その時になってようやく自分が後ろからやってきた車にはねられたことに気づいた。車はそのまま長い時間、彼女を乗せて走った。

「何度か逃げようと思ったらしいんだけれど、腕の骨が折れていたのと腰の骨がずれてしまっていたので動けなかったみたいなのよ」

携帯は無くなっていた。たぶん、はねられたショックで手から落ちてしまったのだろう。イヤフォンからお気に入りの音楽だけが小さく漏れていた。まだ頭がぼんやりしていて、自分に起きたこと、これから起きるであろうことの深刻さが実感できていなかった。

「それでも試しにドアを開けようとしたんだけど、チャイルドロックがかかっているみたいで内側からは全然、開けることができなかったんだって」

サキは徐々に増してくる軀の痛みを堪《こら》えながら、なんとかしなくちゃと思い始めていた。座席で、もぞもぞしていると突然、運転している男が身を乗り出してくると両手で首を絞めたという。男は黒い目出し帽、人相はわからなかった。

息が詰まり、脳が潰れていくような窒息感に彼女は悲鳴をあげた。が、それは溜息《ためいき》程度にしか聞こえなかったという。

首が潰れると思った瞬間、ふっと軀が軽くなった気がした。

サキは失神していた。

気がつくと家具も何もない殺風景な部屋のなかで椅子《いす》に縛りつけられていた。

目出し帽の男は暗い室内を行ったり来たりしていた。時折、苛立《いらだ》ったように自分の頭を殴っていた。サキはかける言葉が見当たらなかった。男が狂っているのは確かだったが、程度が知りたかった。話が伝わらないほど狂っているのか、それとも何か交渉したり、こちらの事情を伝えれば理解できる程度に正気なのか。

が、彼女が意識を取り戻したのに気づくと男はやってきた。

〈ドウス……イイ〉

「え？　ごめん。よく聞こえないんだけど」

〈ドウスレバイイ？〉

男は震えているようだった。

「なんのこと」

〈アンタガイルト、シゴトニナラナイ、イキテイケナイ〉

「突然すぎて、話がわからないんだけど」

するとと男は彼女の頰《ほお》を指で押した。

〈アンタヲミルト、ホシクナル。ホシクテホシクテ。アタマガヘンニナル〉

「わたし、あなたに何もしてないわ」

〈アルイテイル。ウゴク。ワラウ。チキュウニ、アンタガイルコトヲオシエタ〉

「そんなこと、わたしのせいじゃないわ」

男は頭を再び殴り始めた。

〈オレハ、アンタガホシイケレド、ソレハ、フカノウ。ソレガ、クルシイ。アタマニクル。ナンデコンナニ、オレヲ、クルシメルノカ〉

「だって、わたしがあなたとつきあえるかどうか、あなたのことを知らないんだから、わからないでしょう。案外、知り合ったら、つきあえるかも」

男が手にしたもので近くの壁を殴りつけた。ハンマーが突き刺さった。

〈ウソハイクナイ！　ゼッタイニイクナイ。オマエハ、オレナンカ、オナジニンゲンダトオモッテイナイ〉

「そんなことないわ！　あなたにだってわたしと同じように父も母もいるでしょう。家族があるはず」

すると男はがっくりと肩を落とし、〈モウイイ〉と呟いた。

男はカバンの中からカッターとお面、そして壁に突き刺さったハンマーを引き抜くと彼女の前に並べた。

〈ドレカエラベ。コレデオマエヲ、ビチョーセースル。キレイスギルカラ。ミンナガ、メイワクシナイヨウニ、ビチョーセースル。フツウニカエル〉

ゾッとした。男は狂っている。

彼女は、男が今にも使いたくてウズウズして握ったり放したりをくり返しているカッターやハンマーから目を背けた。そんなもので自分の顔をどう微調整するのか、想像しただけで吐きそうになった。

〈ハヤク！　オレガエラブゾ〉

男がハンマーを握った。

「お面で良いわ！」

絶叫するように彼女は言った。

男は明らかにガッカリした様子だった。まだハンマーを放さずにいた。

「ハンマーじゃないわ。お面よ。自分で言ったことでしょう。男ならちゃんと守りなさいよ」

〈ワカッタ〉

男は木のお面を手にするとカバンのほうに戻り、何か作業を始めた。彼女は放り出されているカッターを拾おうとしたが、椅子に軀ごと縛られていて身動きできなかった。自由になるのは首から上だけ。

やがて男が戻ってきた。

〈ビチョーセーダ〉

そう言うといきなり、彼女にお面を被《かぶ》せた。鼻の奥をツンと刺すような刺激臭と内側がやけにキラキラ光っているのが見えた。

「顔にはめられた途端、灼《や》けるような痛みで気を失ってしまったんだって、それでまた家の近くで捨てられていたのね」

「で、そのお面はなんだったの」

「お面自体はただの木のお面だったんだけど。内側にガラスの破片が付けてあって、しかも、そのお面、瞬間接着剤でくっつけられたらしいの」

病院での剝離《はくり》手術は十時間近く掛かったのだという。彼女の顔は野犬に食い尽くされたようになってしまった。

「それに皮膚だけじゃなくて筋肉の中にまで細かなガラスの破片が入り込んでるらしくっ

て、何度も手術しているうちにバランスも崩れてしまったんだって。懸命に捜査しているんだけど手がかりが少なすぎて難しいらしいのよ」

と、刑事をしている兄がヒロエに教えてくれたという。

現在、サキは精神病院にいる。

爪

アカネさんのところには、今でも消印のない封筒がたまに届けられる。
なかには大きな鱗《うろこ》のような爪《つめ》が一枚。
それと〈愛をこめて〉というコメントの書かれた写真。
爪を剝《は》ぐ前と剝いだ後の指の写真が同封されている。
何度、住所を変えても手紙は止《や》むことはない。
もちろん、彼女に心当たりはなかった。

怖ろしかったが警察は積極的に対応しようとはしてくれない。
消印がないということは、相手が自分で直接、もってきているのだ。
なんとかならないかと必死で訴えると警官は〈あっはっは〉と笑ったという。
写真が投げ込まれるのは爪がまた伸びたとき。

またそろそろ投げ込まれるのが嫌なので引っ越しをしようと彼女は思っている。
もし、次の引っ越し先にも手紙が届いたら、実家に帰ろうと思っている。

ホタル族

「うちのおとうさんもそうだったから知ってたんだけど、おかあさんとかがうるさくて家の中で煙草《タバコ》が吸えないとベランダで吸うジャン。そういうのをホタル族っていうのよ」

チヒロは昔、友だちの引っ越し祝いに行ったときのことを教えてくれた。

みな高校の同級生たちばかりだったので、ワイワイと賑《にぎ》やかな集まりになった。

「ごめん！　ここ禁煙なの」

一服しようと煙草を取り出したとき、友だちが手を合わせた。

「なんだか大家がうるさくって。昔、寝たばこか何かで火事を出したことがあるんだって、だから絶対に吸っちゃいけないらしいの。吸うときはベランダを使って」

「わかった」

チヒロがそう言ってベランダに出るとすぐに三人ほどが一緒に出てきた。

みなでとりとめのない話をしていると、やがて寒くなってきたので中に戻った。

「で、引っ越しパーティーなんだけど。最初はけっこういたんだけど、ラストまで残ってる人間は少なかったな。みんな終電で帰っちゃって。まあ、次の日が平日だったっていうのがあるからね。わたしはその時はプーだったから。最後までいたのは三人だね。残ってるやつはみんな、かなり酔っぱらってた」

みんな雑魚寝になったんだという。

深夜、目を覚ましたチヒロは水を一杯飲んだ後、どうしても煙草が吸いたくなった。

彼女は一服しようと灰皿代わりのチューハイの缶をもってベランダに出た。

ひんやりとした夜風が気持ちよかった。

暫《しばら》くすると、隣のベランダにも人影があるのに気づいた。

三十後半から四十ぐらいの男がベランダの柵《さく》にもたれかかるようにして煙草を吸っている。

「こんばんわ」

チヒロが声をかけると、深夜だったせいか、男は少し驚いた顔になった。

「こんばんわ」

「すみません。今日は引っ越し祝いだったから。うるさくなかったですか……」

「あ、いえ。別に大丈夫ですよ」

「女ばっかりだと、結構、おしゃべりしちゃうし」

「良《い》いんじゃないですか？　引っ越してきたときぐらいは」

男は手に巻いた白い布を何度も解《ほど》けていないか、確かめた。

「おたくは近くに住んでるの？」

「あ、駅は隣です。駅前のコンビニでバイトしてるんで」

「コンビニのバイトっていったら俺もやったなぁ」

ふたりはどちらともなく、たわいのないことを話した。

男はチヒロの実家のこと、いま住んでいる部屋のことなどを上手に聞き出していった。

「それじゃおやすみなさい」

「おやすみ」

ふたりは部屋に戻った。

三日ほどした夜、引っ越したばかりの友人が真っ青な顔をしてやってきた。

泊めてくれという。

「どうしたの？」

「もう無理。マジで。隣で人殺しがあったんだって。それもさぁ、あたし達が引っ越しパーティーやってた日なんだよ！　隣のＯＬが殺されてたみたい。今朝、発見されたんだってぇ。もう信じらんない」

また引っ越すと断言する友だちの言葉に、自分もそうしようとあのホタル族を一緒にした男の横顔を思い出しながら、チヒロは決心した。

痛いんです

バイト先で知り合ったクニオは少し陰があるけれど背が高くて細身のイケメンだった。

「なんだか噂《うわさ》によると親が小さい頃に離婚していて、ひとりで暮らしているっていう話だったの」

雅子《まさこ》は初めっから好きだったわけじゃないけれど、と前置きしながら続けた。

「だってやっぱりちょっと暗いっていうか、なんだか怖い感じがしたんだよね」

でも、そんな印象もクリスマスに予約してくれたケーキをサンタクロースの格好をして配るという仕事をしたときに吹き飛んだ。

「暗いから、全然、そんなこと似合わないって言うか、一生懸命にする人じゃないと思ってたのに」

クニオはサンタの衣装を着ると、ケーキを待っている子ども達に精一杯の演技をして楽しませようと必死になっていた。

「もうびっくりしちゃって。彼にそんなこと一生懸命にするような人に全然、見えなかったって言ったら」

だって、折角のクリスマスケーキが台無しになっちゃうでしょう。それは哀《かな》しいよとクニオは呟《つぶや》いた。

「その頃からかな。少しずつ好きになったの」

ふたりはクリスマスを境に色々と話しあうようになった。そして年が明ける頃にはつきあっていた。

「最初に思ったのは凄《すご》いおっちょこちょいで」

クニオはよく怪我《けが》をして雅子の部屋にやってきた。

「最初は爪《つめ》を剝《は》がしたとかいって指先を血だらけにしてきたのね」

びっくりした彼女は薬を買いに走り、包帯を巻いたりした。

「彼、すごく感動したみたいで。何度もありがとうありがとうって涙を流してたの。小さい頃からひとりぼっちだったから全部、自分でなんとかしてたんだって。おかあさんに包帯巻いて貰《もら》ったことさえないって言ってた」

デートの最中でもクニオは怪我をした。指を切ったり、肘《ひじ》を何かにぶつけて腫《は》らしたりは日常茶飯事だった。

「彼、バイク持ってたんだけど」

バイクで転倒もよくあった。

「一時期、あんまり酷《ひど》いんで、何か原因があるんじゃないのって言ったら。そんなのわかんないよって、すごく寂しい顔してて」

つきあい始めて一年が経《た》とうとした頃、クニオがバイト先の別の女の子とデートしているという話を聞いた。雅子が問い詰めるとデートしたとクニオは認めた。但し、遊びだからとも付け加えた。

「相手がどうしても一度で良《い》いからデートしてくれって頼んできたっていうんだけどね」

ところが二度目も起きた。

雅子はとうとう我慢ができなくなり、別れようと告げた。するとクニオは頑として別れたくないと言い張った。二番目も遊びだと。断り切れなかったと泣いた。

「でも、二度あることは三度あるしね」

雅子自身、他にも気になる人が出てきていた。正直、クニオのことはもう良いかなという気があった。

「で、とにかく話しあうわけですよ」

ところがその度にクニオは怪我をして現れた。

「それも尋常じゃないのね」

一度は指の骨が剝《む》き出しになっている状態でやってきた。聞くとバイクに乗っていて壁にぶつかったのだという。そしてそのまま走ってしまったので肉が擦《こす》られて無くなってしまったと。

「もうめまいがしてさあ。そんな状態でくんなよと思ったけれど。放り出すわけにも行かないから、うちで治療したけど」

クニオは余程のことでない限り、医者に行こうとはしなかった。

そして話しあいではその度にうやむやになってしまい関係は続いていった。

「で、このままじゃだめだと思ったから絶対に別れるって決めて呼び出したの」

場所は自分の部屋だった。

「もっと普通のお店とか思ったんだけど、彼もそんなとこじゃ、ちゃんと話せないっていうから……」

時間になるとチャイムが鳴った。ドアを開けると思った通り、クニオは顔から血を流していた。

「どうしたの、それ」

「そこでバイクで転んじゃってさ」

大変だと思ったけれど、いつものペースになってはいけないと思い、雅子はあえて「そう」と素っ気なく答え、適当に包帯を自分で巻くように渡した。

「冷たいね。今日は」

「そうかな。何度も何度も変じゃない？」

「好きで事故るわけないじゃん」

「なんかわざとやってるっぽい」

「ひどいな」

クニオはそう言うとトイレに行った。

「で、暫《しばら》くすると壁を殴る音がするのよ」

見に行くとクニオが鏡に自分の頭を叩《たた》きつけていた。

「まさこぉ～、まさこぉ」クニオは呪文《じゅもん》のように何度も叫びながら鏡の破片で切れた顔をぐしゃぐしゃにしていた。

と、次の瞬間、クニオは自分の右目に指を入れると眼球を取り出そうとしていた。あまりのことに雅子は気絶しそうになった。

「だって指から逃げるみたいに目玉がぐりぐり動くの。もう怖くて怖くて……」

逃げようとドアを開けるとドアチェーンが外れなかった。クニオが細工をして短くして

しまっていたのだった。

そのとき、獣のような声がし、トイレからクニオが言った。

「マサコメダマガトレチャッタ」

彼女は絶叫すると、いまにもトイレから出てこようとする者を見る前にベランダから飛び降りた。

「二階だったから良かったのよ」

クニオは雅子の連絡を受けた警察によって保護され、現在では精神病院に入っている。

いまでも、たまに手紙が来る。

麦茶

去年の夏のこと。

体調を崩したユミさんが、大学を休んで、アパートの一階の部屋にいるとノックの音がした。

返事をすると男の声が聞こえた。

時刻は昼を少し回った頃。外は車のボンネットの上で目玉焼きができてしまうんじゃないかと思うほど暑かった。

ドアスコープから覗《のぞ》くとヘルメットを着けた男がしきりに頭を下げている。

「近くで工事をしているものなんですが」

確かに二、三軒先に改修工事をしている家があった。

「なんでしょう」

ユミさんはドアを開けた。

すると三十後半の男が忙《せわ》しそうに頭を下げた。「三日ほど、少し騒音がしますけれど時間は守りますので」

「わかりました」

「あの、すみません。お水を一杯戴けないでしょうか？　いつもの自動販売機がこの暑さで全部、売り切れてしまって……」

「あ、ああ、はい……」

彼女は傍《そば》にある冷蔵庫から麦茶を出すとコップに移して男に渡した。

男はうまそうに喉《のど》を鳴らしてそれを飲み干すと、ありがとうございます、と深々と頭を下げた。

ユミさんはそれっきり男のことは忘れてしまっていた。

ある日、通学のためバスに乗っているとニコニコと笑いかけてくる男がいた。

「まさか自分に笑いかけているとは思わなかったから」そのまま無視して本を読んでいると肩を叩《たた》かれた。

「ヌマタです」

相手は名乗ったが心当たりがない。不審そうな顔をしていると「やだなぁ。麦茶飲んだじゃないですか」と笑った。

そう言われて思い出してはみたものの取り立てて親密になる理由が見当たらない。ユミさんはあいまいに「どうも」などと笑うと、男は彼女の座っている座席の前の吊革《つりかわ》に移動して来たまま終点まで動こうとはしなかった。時折、目が合うとにっこりと微笑《ほほえ》んでくるのだが正直いってどうして良《い》いのかわからなかった。

その日、学校から帰宅するとドアのノブにレジ袋がかかっていた。

刺身のパックが入っていたという。

「あれ、どうだった?」

コンビニで立ち読みをしていると背後から突然、そう声をかけられた。

ヌマタだった。

「あれ、結構ウマイから人気なんだ。俺、店まで走っちゃった。もう大変」

「なんのことですか」

「プレゼント。ドアに掛けといたジャン」

「ああいうの困ります」

「今度、映画とか行かない」

ユミさんは無視してコンビニを出た。

するとヌマタはついてきたという。

「え？　なんで怒ってるの。毒とか入れてないよ。このあいだの麦茶のお礼をしただけジャン。ひどいなぁ」

「もう判《わか》ったから。つきまとわないで」

「つきまとったりしてないよ。俺も家が近くなだけだもの」

「だったらもう声とかかけないで。お礼はもう良いから。放っておいて」

一気に言うと男の表情が変わった。

「女って、みんなそういう目付き。失礼だよ。人を何だと思ってるんだ」

ユミさんは怖くなり、たまたま通りかかったタクシーに飛び乗るとそのまま帰宅した。

友だち数人に相談すると、それはストーカーになりかけているから注意した方が良いと一様に口を揃《そろ》えた。

「でも、どうすれば良いかわからないし。まだ大した被害もないから警察が対応してくれるかわからないし……」

家に帰ると、すぐに戸締まりをした。

するとその最中に携帯が鳴った。

「もしもし」

相手は何も喋《しゃべ》らなかった。ディスプレーには知らない番号。

その夜、二度ほどドアが、ほとほととノックされた。

ヌマタは姿を現さなくなった。

「でも安心はできなかった。だって……」

彼女が部屋に戻ると必ず携帯が鳴るようになったのだという。

「それも部屋に入って電気をつけた途端に鳴るんです」

その頃になって彼女は交番に相談にも行ってみたのだが、全く相手にされなかったという。

そして夏休みも後半になって彼女は一週間ほど実家に戻った。

「お盆の時期は高いんで、いつも時期をズラして帰るんですよね」

実家で羽根を伸ばし、いよいよ明日から大学だという日、少し遅めの電車に乗った彼女は夜になってからアパートに戻ってきた。

彼女はドアを開けて仰天した。

部屋のなかが工事廃材の山になっていたのである。

「鉄筋を曲げたやつや、木片、セメントの細かいの、あとは訳のわからない塊の詰まったズダ袋なんかが、本当に床が見えなくなるぐらい押し込んであった」

彼女の通報で警察もやってきたが、捜査ははかばかしくなかった。

「一応、指紋とか足跡とか取って、入ったのはひとりで……とか、わかったらしいんですけどね」

当然、彼女はヌマタのことも説明した。

しかし、それらしき人間は近くの現場には見当たらなかったのだという。

彼女は引っ越しを決意したのだが、不動産屋からは廃材の撤去費用を請求された。

「本当に踏んだり蹴《け》ったりでした」

屈む女

去年の十月、片山さんは友だちとクラブに遊びに行き、帰りが遅くなった。

アパートに続く、路地で足が停《と》まった。

電柱の下に人がいた。

「寝てるんじゃないんです。こう、軀《からだ》を丸めて屈《かが》み込んでる感じで……」

白いワンピース、髪は腰のあたりまであった。狭い道だったが、なるべく女から離れたところを歩いた。

「いたい……いたい……」

女が助けを求めていた。

「大丈夫ですか？」

女は頷《うなず》いた。長い髪が揺れる。

「本当に大丈夫？　なら、あたし行くよ」

するとと女は黙ってしまった。

「行くから……ね」

片山さんが一歩、足を踏み出した。

すーっと女が立ち上がったという。

手に何かを抱えていた。

「なんか白いものが見えたのね」

「あげるぅ」女はその瞬間、パッと立ち上がり、片山さんのお腹に手のものを押しつけた。首だった。

「マネキンだったんだけど、顔にいろいろ落書きがしてあって」

彼女は「わぁ」と、それを叩《たた》き落とし、後も見ず、アパートへ戻り、着替えるとベッドに潜り込んだ。

トントン……鉄の外階段を登ってくる足音がした。男性の重い音ではなかった。彼女は布団の端を、ぎゅっと握り締めた。

かりかりかりかりかりかり……。

自分の部屋のドアが引っ搔《か》かれる音がする。片山さんは息を詰めた。今にもあの女がドアを何かの工具で開けて入ってくるような気がした。かりかりかりかりかりかり……

音は断続的に続いた。

「どうしよう……どうしようと思っていたら寝てしまったみたいで……」

目が覚めた片山さんは周囲が充分に明るくなっているのを確かめ、玄関に向かった。ドアスコープから外を確認する。女の姿や変わったところは無かった。次に用心しながら細目にドアを開けた。

廊下に女はいない。ほーっと溜息《ためいき》をつくと彼女は廊下に出て、ドアを見た。

「そしたら……もう目一杯なカンジで」

〈スズキニアヤマレスズキニアヤマレスズキニアヤマレスズキニアヤマレスズキニアヤマレスズキニアヤマレ〉と釘《くぎ》で傷つけてあった。膝《ひざ》が震えた。

その夜、片山さんはどこにも遊びに行かず早めに帰宅すると厳重に戸締まりをし、部屋にいた。バラエティ番組を見ていると入口でカタンと乾いた音がした。

厭《いや》なものを感じたが確認せずにはいられなかった。見るとドアの下に白い封筒が落ちていた。ドアポストから直接、投げ込まれた物だった。

見ると〈御霊前　鈴木〉とある不祝儀袋だった。中身がふかふかしていた。嫌だったが、そっと中を開けると黒い塊が飛び出し、顔と腕に飛びついてきた。

鈴虫だった。

怖ろしさに声も出ず、夢中で叩《たた》き落とした。妙な気配があった。

……ペキッ。音がした。

全身を耳にし、集中すると違和感がどんどん膨らんだ。鼓動が速くなった。すごく嫌なことが近づいている気がした。

……ぷふ。笑いを押し殺す声。

……ペキッ。ふと見上げると、取り付けていない換気扇の穴に白目を剝《む》いた顔が置いてあった。あの女が今にも飛び込んで来そうに穴に首を押し入れていた。

片山さんは悲鳴をあげるとそのまま外に飛び出し、交番へと駆け込み、警官と一緒にアパートに戻った。

「でも、もう女の姿はなくて。あたしも全然、その女のこと知らないものだから」

警官はひととおり彼女の話を聞くと「この辺は変な奴が多いから気をつけた方が良《い》いよ」と帰ってしまった。

その夜、部屋のどこかに逃げ込んだ鈴虫がずっと『リーンリーン』と鳴き続けていた。

片山さんは友だちの部屋を転々とし、一週間後、アパートを引っ越した。

たった一度だけ

吉川《よしかわ》さんは、たった一度だけ、怖い思いをしたことがある。

「あれはひとり暮らしを始めて一年ぐらいたったころかな。そろそろ生活に慣れてきたときでした」

深夜、帰り道をひとりで歩いていると、公衆電話が鳴っているのに気づいた。

変なの……。

そう思いながらも無視して歩き続けると、また公衆電話が鳴っていた。

公園の角。

コンビニの前。

今日は公衆電話の点検か何かの日なのかな？

そう思いながら帰宅した途端、家の電話が鳴った。

出ると、言葉にはならない喚《わめ》き声と合間に狂ったような笑い声。

「もうびっくりして、すぐ警察に電話したんです。そしたら……」

『いますぐ、そこを出て。どこか安全な場所へ避難して。電話はあなたを追いかけている。犯人はすぐそばで、あなたを見てるはずです』

と言われた。

振り返るとベランダに、笑いながら部屋の中に入ってこようとしている男の姿があった。

彼女はその場で飛び出すとタクシーで実家に戻り、即日、引っ越した。

アルバム

「ネットの書き込みで知り合った人だったのね」

夢乃《ゆめの》はそう言って肩をすくめた。

彼女が高校生の頃、インターネットでの書き込みが流行った時期があった。そんななか、あるバンドのファンサイトでリョウというハンドルネームの男の子と頻繁に書き込みがダブることがあり、そのうちお互いにメールのやりとりをするようになった。

「それでも最初はメールのやりとりだけで会うなんて考えもしなかったんだけど……」

どうしても行きたいコンサートのチケットが手に入らず悔しがっていたとき、彼が一枚余ってるけど行く？とメールをくれた。彼女はすぐに「行く行く」と返事をした。

そのビジュアル系バンドのコンサートは大盛況だった。ふたりは狭い会場で寄り添うようにして楽しんだ。

「聞いてみたら、うちから電車で二十分ぐらいのところに住んでいたのね」

ふたりは徐々にメールよりも、放課後、駅で待ち合わせてデートするようになっていった。

「聞いてみたら彼はわたしよりも六つ年上で二十三だったのね」

リョウは童顔で若く見られた。十七歳の高校生の夢乃と並んでいても違和感が無かったという。ふたりが出会った夏休みが過ぎ、秋になりかけた頃、少しおかしなことが起きた。

「彼はバンドを組んでいてマンションにひとり暮らししてたんですけれど」

彼の部屋に遊びに行くようになって暫《しばら》くすると自分の携帯がチェックされはじめたのだという。

「新着メールが既読になってるんです」

また偶然、同じ電車で帰っていることも多くなった。

「わたし、その頃、ファーストフードの店でバイトをしていて夕勤のシフトだと帰りが十時過ぎるんですよ。疲れたなぁって吊革《つりかわ》に摑《つか》まっていると肩をぽんぽんって叩《たた》かれて……」

振り返ると「よぅ」とリョウが立っていたりする。

たいてい、リョウはバンドの練習帰りなんだと説明した。

「でも、そうじゃなかったみたいなの」

ある日、バイト先の先輩に倉庫に呼び出された。

「あのさ。アレ、あんたの知り合いかな？」

裏口から、そっと出された夢乃はビルの脇から先輩の指差す先を見た。

すると反対側にある建物の陰に男がひとり壁にもたれかかるような感じで店のなかを窺《うかが》っていた。

リョウだった。

「かなり前から、あんたがシフトに入るといるんだけど……」

夢乃は知りませんと答えた。

その日、電車に乗っていると肩がポンと叩かれた。振り返るとリョウの笑顔があった。が、その日は嬉《うれ》しいというよりも怖いと思った。

「また、会った。俺たちって運命っぽいよねぇ」

リョウはバンドの練習帰りだとまた口にした。夢乃はその日、車内で何を話したか憶《おぼ》えていなかった。

「で、その頃から、ちょっとずつ気持ちが悪くなって」

彼女はリョウが店の前で見張っていたのを知っていると告げるべきか黙っているべきか迷った。

「それでも他には何か嫌なことはされないし。会うと優しいから」

ずるずると言い出せないまま、日が過ぎていった。

ある時、リョウの部屋に呼ばれた。

「あの見張られている日から行かないようにしてたから……」

リョウは少しウキウキしているようだった。ふたりは好きなバンドの音楽を聴き、その後、DVDを見ようということになった。気がつくと飲み物がなくなっていた。リョウが近くのコンビニに買いに行くと出かけていった。ひとり部屋に残っていると、ふと押入れを開けたくなった。季節物の服や雑誌やCDに交じって黒い表紙のアルバムが積み重ねてあった。夢乃は一冊、開いてみた。『雌豚処刑日記』と書いてあった。

「最初のほうはリョウとふたりで笑ってる女の人の姿ばかりだったんだけど」

ある時を境に顔が青黒く腫《は》れ、裸で縛られ峠のようなところに放り出されたりもしていた。

『裏切り者の雌豚を制裁する』

後半、女の人は頭を丸刈りにされてもいた。夢乃は手が震えるのを感じ、それを閉じるとその下の別の一冊を広げた。

「それも同じだったの」

最初のうちは楽しそうな写真、が、後半は拷問ともいえる暴力を記録した写真だった。『残酷な音楽を造るには残酷に耐える精神力を悪魔の精神を手に入れるのだ』

その女性の顔には小さな穴がぽつぽつ無数に空いていて全体が風船のように膨らんでしまっていた。思わず吐き気を感じたが、何枚か前に戻ると顔に蜂蜜《はちみつ》を塗られ、蟻《あり》の詰まった袋を被《かぶ》せられて放置されたためだとわかった。

夢乃はアルバムを閉じた、そしてそれらとは別に手前の棚にぽんと置かれていた一冊を開いた。

自分の写真が貼《は》られていた。

「本当に心臓がショックで止まるかと思ったの」

夢乃は押入れを元に戻すと部屋から出た。何度もリョウからの携帯が鳴ったが出なかった。メールで『ごめん。気分が悪くなったから帰る』と告げた。

リョウはそれからも毎日、五十通近いメールを送ってきた。夢乃はバイトを辞め、明るい内に学校から帰るようにした。

リョウは怒っていた。別れるなら理由を言えといった。でも夢乃には言えなかった。最後のメールには『雌豚』とタイトルがされていて、『俺は絶対に許さない。蟻地獄に堕《お》としてやる』と書かれていた。

いまでも電車や繁華街を歩いているとリョウに凄《すご》く似ている男を見る。すると必ずその直後に携帯が鳴るのだという。

夢乃は親に打ち明けようかどうしようか悩んでいる。

副業

夜中に呻《うめ》く声が聞こえるので岸田さんは隣室に強盗でも入ったのだと思った。

男の悲鳴と殴る音が聞こえた。

そっとベランダ越しに覗《のぞ》くと隣の男性が男に股間《こかん》を踏みつけられていた。

猿ぐつわをされた男性の軀《からだ》が海老《えび》のように曲がると悲鳴が続く。

迷わず、彼女は通報した。


警察がやってきたが、犯人は逮捕されなかった。

翌朝、隣の男がやってきた。

お礼を言われるのだと思っていた彼女に男は怒りをぶつけた。

「あんた、人の仕事の邪魔するなよ」

「え？　なんですって」

男はマゾであった。

サドに軀をいたぶらさせて金を貰《もら》っているのだと言った。

「いろいろあるんだよ！　世の中には！　すっこんでな」

以来、どんな悲鳴が聞こえようと彼女は無視することにした。

死ねば良《い》いのにと、たまに思うことがあるという。

義理親切

「上京したての頃だったからウブだったのね」

ヨーコさんは照れ臭《くさ》そうに笑った。

高校を卒業して地方からやってきた彼女は親戚《しんせき》の伯父さんが紹介してくれたスーパーの事務をしていた。

「住んだのは上野の先にある木造モルタルのアパート。会社が借り上げてるから社員だと三割引で住めるのね。でも、本当に信じられないくらいにボロで……」

水洗トイレなのだが木の箱のようなタンクが天井の辺りにくっついているという大昔のタイプだった。

「で、これまた住人がヤクザや不法労働の外国人、今から考えるとどう見ても売春婦みたいなクズばっかりだったの」

夜中になると大声で喧嘩《けんか》をする声が必ず聞こえてきた。

「特に隣のフィリピーナのとこがひどくて、喧嘩が始まると寝てらんないの」

奥さんを壁に叩《たた》きつける度に震動で部屋の物が棚から落ちた。

「だいたい真夜中の十二時から二時にかけて。最初は男の低い声がぶつぶつ聞こえてるんだけど、その合間に女の声が混じってきて、後はずっと女の悲鳴とわめき声。それと壁にぶつかる音」

警察に電話しようかとも思ったのだが、自分が通報したとバレるのが怖くて我慢していた。

「今なら即、警察だけど、あの頃はとにかく何もわからなかったから」

ある日、帰宅すると隣の部屋から小柄な女性が飛び出してきた。フィリピン妻だった。彼女は慣れない日本語で日頃の騒動を謝ると故郷から送ってきたらしいフルーツを渡してきた。そして「オネガイ、アルノ」と告げたという。

「それがね、彼女は暴力を振るわれても逃げる場所がないから。もし本当に怖くなったらベランダに避難しても良《い》いかっていうの。嫌だったけど、すごく一生懸命にお願いされちゃったんで、ハイともイイエとも言えなくて……」

そして数日後、また夫婦喧嘩が始まった。壁に打ち付ける音、泣き叫ぶ声。そして暫《しばら》くするとベランダに気配がした。

「怖かったわよ。こっちまで、とばっちりが来るんじゃないかと思ったからね」

ところが亭主はさすがに他人の敷地にまで手を出す気はないようで騒ぎはそれっきり静まってしまったのだという。

「私は全然、顔を出したりはしなかった。完全に無関係なんだっていう態度でいたかったの。それだけは貫きとおしていた」

それからも妻は避難してきているようだった。声がする。音がする。暫くするとベランダに人の気配がする。

「別に何もしない。黙って座って居るんだと思う。何かこちらに働きかけることもないし。ただ亭主の怒りが静まるのを黙って待っている感じだった」

フルーツを貰《もら》ったとき以外、妻からも何のリアクションもなかった。いつのまにかヨーコさんは、自動人助け装置のようなベランダの状態に慣れっこになっていたのだという。

ある日、ひさしぶりに会った友だちと遅くまで飲んで盛り上がった。帰宅したのは二時近かったのではないかという。

化粧を落とし、布団に潜り込もうとした時、妙な事に気がついた。

床に落ちたレシートが、カサカサと音を立てて移動したのだ。

「変だな、と思って見に行くと」

カーテンが揺れていた。

部屋の電気は消してあった。明かりは布団のところの小さな豆球だけだった。カーテンに街灯からの影が映っていた。彼女は気づかれないよう、そっと近づくとカーテンの隙間《すきま》からベランダを覗《のぞ》いた。

人が目の前に立っていた。彼女の顔の真ん前、偶然だったのか、それは目を大きく見開いて、見つめていた。

ぶかぶかのワンピースに長い髪、しかし、顔は明らかに男だった。

「隣のご主人だったんです」

彼女は悲鳴をあげると窓を閉めようとしたが、こじ開けられてしまった。悲鳴をあげながら、部屋を飛び出すと外に逃げ、交番に飛び込んだ。

「警察が来たときには、もう逃げていなくなっちゃってたんです」

既に隣の部屋は夜逃げ同然の状態だったのだという。

「奥さんは、私と会って暫くしたら逃げてしまったみたいで、後はずっと亭主ひとりだったそうなのね」

警察はふたつ、衝撃的なことを教えてくれた。

ひとつは妻になりすまそうと女装した亭主がベランダに隠れていたこと。たぶん、その間、ヨーコさんの部屋を覗いていただろうこと。

ふたつめは、亭主の指紋がヨーコさんの部屋の押入からも検出されたこと。

「あなた、この男は入ってきていましたよ。もしかすると、あなたは奴が押入に潜んでいるのに何も知らずに寝ていたかもしれないね……」

ヨーコさんはすぐに引っ越した。亭主は住居不法侵入の疑いで指名手配されているはずだが、逮捕されたという連絡はまだないという。

「都会でウブっていうのはだめね」

彼女はそう呟《つぶや》いた。

大雨

「あんなの不意にやられたら誰だって無理だよ」

ショウコは怒っていた。

先日、大雨が降ったとき、彼女はコンビニで買い物をした後、アパートに帰ってきた。ノブを握った途端、全身が金縛りにあったように硬直し、手を放せなくなった。気がつくと廊下で倒れていた。

財布が消えていた。

「警察の話だとノブに電線を巻いて、車かなんかのバッテリーに繋《つな》げて待ってたんじゃないかっていうんだよね。あんなの汚いよ」

以来、彼女はノブを簡単に握ることができなくなった。

「あんまり好きな客じゃなかったんだけどさ。それでもお店からはやっぱり売上たてないと厳しいこと言われるしね」

ケイコが新宿のキャバクラでバイトしていたのは学生時代。細身で、キレイな顔立ちの彼女はすぐに人気者になれた。

そこに現れたのがヤスシだった。ヤスシは自分のことを弁護士だと言っていたが、そんな感じはなかったという。

「髪の毛はボサボサで歯は真っ黒だし、すごく汚いの。お金もないみたいだったし。弁護士ってお金もってるでしょう」

しかし、ヤスシは店にくると、いつも法律論を振りかざした。

「何かトラブったら俺に相談しろっていうのよ。お金の貸し借りとか、ストーカー関係とか、そういうの全部、格安で解決してやるっていうんだけど、お店の子で頼んだのはいなかったと思うなぁ」

ヤスシは二週に一度の割合でやってきた。いつもケイコを指名し、終わり頃まで粘っていた。

デートの誘いはいつものことだったが、ケイコのなかでヤスシは、その顔や軀《からだ》も含めて、アリエナイ部類にあったので、いつも約束をはぐらかしていた。

「だってそんなにお金に困ってないのに。変に同伴なんかして嫌な思い出が残ったりしたら、マジでヤバイもの」

ところがそんなある日、どうしても欲しいブランド物のバッグが見つかった。

「定価八十万ぐらいのね。で、絶対にこれだけは欲しいって思っちゃって……」

ケイコは同伴強化月間ということでお店で指名してくる客に片っ端から同伴の約束を取り付けていった。もちろん、ヤスシもそのなかのひとりだった。

「なんか凄《すご》い喜んじゃって……。俺はプリクラを一緒に撮りたいなんていって」

当日、ふたりは新宿で待ち合わせた。

「本人は凄い楽しみにしてる、特別の同伴にしてやるって言ってたから」

何か特別のものを奢《おご》ってくれるんじゃないかと期待していた。ところこが連れて行かれたのはデパートの食堂だった。

「てんぷらかなんかだったんだけど」

ガッカリした。もうどうでも良《い》いから店に形だけでも同伴できればいいと思ったが、ヤスシは腕を組みたがるし、エレベーターでふたりっきりになるとキスをしようとしてきた。ヤスシの息は駅の立ち食いソバのネギの臭《にお》いがした。

「ねえ、もうそろそろ店に行こうよ」

彼女がウンザリした声を上げるとヤスシは焦った様子でプリクラを撮ろうと言い出した。

「仕方ないから、ゲームセンターに行ってプリクラに入ったのね」

何枚か撮ったところで、ヤスシはプリクラを剝《は》がすと自分のメガネに貼《は》り付け始めた。

「それもレンズに貼ってるのね。そんなことしたら見えなくなるのにって言ったら、そんなことはないよ、これでよく見えるよ。ケイコちゃんが、だって」

ヤスシはそう笑ったという。

「で、そのままプリクラのブースのなかにあった鏡に自分を映してるのね」

ヤスシはシールメガネの自分を飽きずに眺めていた。見ると手にカッターナイフをもっていた。刃が長く出ていた。

「ねえ」突然、ヤスシが声をかけてきた。「ぶってよ。俺、ケイコちゃんを見てるからさ。ここでぶってよ」

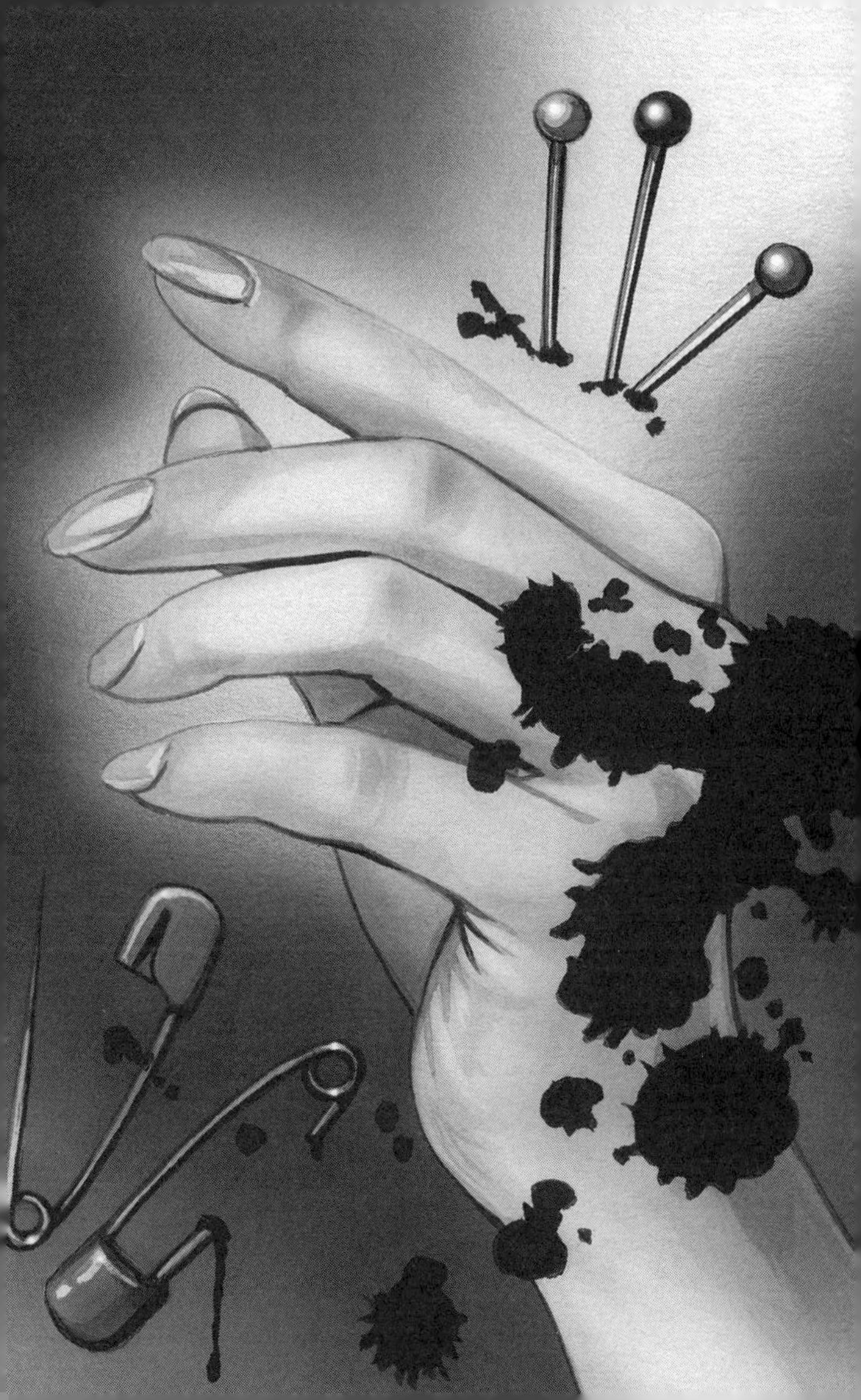

わけがわからなかったが、断れば今にもカッターナイフで切られそうな気がしたケイコは言われたとおりにヤスシの軀を叩《たた》いた。

するとヤスシはアーンと甘えたような声を上げて身もだえし「もっと叩いて。もっと」と言った。

「ゲロきもだったんだけど、殴った。なんだか途中から、マジでキレてきたから結構、強く叩いた」

激しく殴られるとヤスシは喜んだ。

ふと、見ると自分の手が真っ赤になっていたという。

血だった。

「ヤスシのシャツが赤くなってたのね。なんだか叩く度に赤くなっていくの。手で叩いているだけなのに……」

血に気づいて殴る力が弱まったのを知るとヤスシは「ああ、これ」と言いながら、何気なくシャツを脱ぎ捨てた。

「そしたらね……。体中に針やら安全ピンなんかが深く刺さってるの。そこからジクジク血が染みだしていて、なんだか中には叩いた拍子で裂けてしまった皮が口を開けて中身が見えてたりして、凄く気持ち悪かった」

するとヤスシは呆気《あっけ》に取られているケイコに抱きつくと無理矢理、キスをしてきた。腐った魚のような舌が口の中で暴れた。吐きそうになりながらケイコはブースを飛び出すと、そのまま店まで逃げ帰った。

ヤスシは来なかった。

「結局、バッグ買ったとこでバイトは辞めたの。ヤスシが店に来そうで」

以来、ケイコは水商売はしていない。

美しすぎるから

「どんな人とでも別れ話は難しいって聞いたけど、あんなになるとは思わなかった」

ユキエはバイト先で知り合ったふたつ年上の彼と今年の春、別れた。

「理由は特にないんだけど、なんだか逢《あ》えば食事か、セックスだけのマンネリになってきちゃって……。この先もこれが続いてゆくゆくは結婚するだけなんだなぁ、なんて思ってたらつまらなくなっちゃったんだよね」

ある日、急に冷めたのだという。

相手は初めてちゃんとつきあった女性が彼女だったということもあり、つきあった当初から彼女をお姫様のように扱っていた。

「いろいろ尽くしてくれた部分もあるし、楽しい想《おも》い出もあった。可哀想《かわいそう》だな、悪いな、とは思ったけど、こっちの気持ちが全然無くなっちゃったから……」

好きな振りをするのは苦痛だった。

「それで少しの間は気持ちが元に戻るか確認してみて、戻りそうになかったら決断しようと思ったの」

彼女は正直に別れを告げた。

彼はその瞬間から、きりもみ急降下になってしまい、彼女が冷静に話し合おうとしても、感情的になるばかりで、なかなか納得をしてくれなかった。

復縁をさせようとする手段にもありとあらゆるものがあった。

「ある時は泣き落とし、ある時は脅し、ある時は呪《のろ》い……みたいな感じでね」

とにかく「別れたくない」の一点張りで、「悪いところがあれば直すから言ってくれ」と、ファミレスの店内で人の目も気にせず土下座し、涙ながら訴えたりもした。

正直、それが続くとうんざりしてきた。

「で、このままじゃ絶対にらちが明かないと思ったから」

彼女は男ができたと嘘《うそ》をついてみた。

すると彼は一瞬にして無表情になり「あっ、そう」と、ひと言呟《つぶや》いて帰っていった。

あまりに呆気《あっけ》なかった。

「逆にそれだけショックなことを言ってしまったんだと思って後悔もしたけれど……」

取りなしの電話をしようとは思わなかった。

取り敢《あ》えず今は冷静になる時間を彼に持って貰《もら》うことが先決だと思っていた。


深夜、何かが焦げる臭《にお》いで目が覚めた。

咳《せ》き込むほど嫌な臭いのする煙が立ち込めていた。

ハッとしてベッドから身を起こそうとすると黒い人影が自分の上に立っていた。

彼だった。

そして手には白い煙をあげる鍋。

「きれいすぎるからいけないんだよ。もっと滅茶苦茶な顔になれば俺でも満足できるようになるんだよ」

ユキエは金切り声を上げると思いきりシーツを被《かぶ》った。

その瞬間、シーツに足下を掬《すく》われた彼は煮えたぎった油の入った鍋を抱えたまま仰向《あおむ》けに倒れた。

ジュン！　という厭《いや》な音と同時に物凄《ものすご》い悲鳴が上がり、顔から煙をあげて彼が部屋を飛び出していった。

彼女は次の日から友人の部屋に住まわせて貰うことにした。

彼は大火傷《やけど》を負ったらしいが、何も言っては来なかった。

「わたしも警察とかには言わなかった。そこまではできなかった……」

ユキエは事件以来、フライや天ぷらを揚げる音を聴くと鳥肌が立つようになった。

まゆみ

「昔っから男よりも女のほうにもてた」

加納さんはれっきとした女性だが細身でキリッとした顔立ちがどちらかというと宝塚の男役を思わせた。

「だからバレンタインデーとかも普通に貰《もら》ってたよ」髪も短くし、自分でも男っぽく見せることを嬉《うれ》しく感じていた。

「男であれ、女であれ、キャーキャーもてはやされるのが嬉しい時期ってあるじゃないですか?」

そんな彼女が十九の時の話。

「丁度、バレンタインでバイト先でチョコを貰ったんですよね」

当時、原宿で働いていた彼女は女性客から人気の的だった。当然、袋にたくさんのプレゼントを貰い帰宅した。

ひとり暮らしのマンションに戻ると部屋の前に段ボールに入れられた子犬。

「雑種みたいなんですけどね」

細い紐《ひも》で彼女の部屋のノブにしっかりとつながれていたのだという。

「ありゃあ、おまえ、どうしたの?」

そのマンションでは犬は飼えない。困ったなとは思いながらも犬好きの彼女は手を伸ばしていた。

ところが犬は息も絶え絶えといった感じで弱々しく鳴くだけ。立つこともできない。取り敢《あ》えず荷物を入れ、子犬を抱きかかえようとするとキャンキャン、悲鳴をあげる。狭い段ボールのなかを這《は》いずるように逃げるのを、ようやく抱きかかえるとギャンとひと声、大きく鳴いて。

「死んじゃったんです」

あまりのことに驚いた彼女は部屋のなかに子犬を運び、声をかけた。と、その時、自分の両手がぬるぬるしているのに気づいた。血がべっとりと付いていた。

「一瞬、パニックになっちゃって」

頭が真っ白になった。が、腕に怪我《けが》をしている様子はない。考えられるのは犬の血だ。彼女は気を取り直して子犬の体を調べることにした。

舌をだらんと垂らし、よほど苦しかったのか目は開いたまま閉じていない。和毛《にこげ》に包まれた柔らかそうな腹の辺りに黒い糸で乱暴に縫った痕《あと》がある。

「なにこれ」

驚いた彼女は腹に触れた。ごわごわしていた。縫い口から血が染み出している。

糸の先端が上を向いていた。加納さんは何気なく、糸を引いてみた。するとポロポロという感じであっけなく糸が外れ、皮がぱっくり口を開くとなかから小さく包まれたチョコが、どろり、溢《あふ》れてきた。

彼女が息を飲むと、いきなり声がした。

「好き？　あんた。チョコ、好き？」

包丁を持った女がドアの隙間《すきま》から中を覗《のぞ》き込んでいた。中年の見たこともない女だった。目がイッていた。

加納さんは犬のことで頭がいっぱいになり、鍵《かぎ》をし忘れていた。

「あんた、犬好きでしょう。チョコも好きでしょう。良《い》いでしょう？」

加納さんは必死になって頷《うなず》いた。

「まゆみ。まゆみだから」

女はそう言うと頭を引っ込めた。

加納さんはダッシュするとドアの鍵を掛けに行った。錠をする瞬間、再び手の中でノブが外側からぐるりと回されるのがわかった。

しかし、一瞬、施錠が早かった。

ドンとドアが蹴飛《けと》ばされた。

「いつも見てるんだから！　チョコ、犬も必死なんだから！　いつだって見てるんだからあぁ！」

女の声が廊下で響き、すぐクスクス笑いに変わった。

警察を呼んだが簡単な事情聴取だけで終わってしまったという。

犬の腹には十四個のチョコが入っていた。包み紙は全て店で働く加納さんを盗撮した写真のコピーだったという。

加納さんは引っ越し、男役のような髪型は止《や》め、伸ばし始めた。今ではすっかり女性らしくなっている。

「ヨーコっていうんだけど、ちょっと変わった子だったのね」とサキは言った。

「お父さんがスペイン人とのハーフで、物凄《ものすご》く美人だったんだけどね」

とにかく、いつも恋愛をしていないと我慢できないタイプだったのだという。

「自分では、あたしって生まれながらの恋愛体質なの、なんて言ってたけど、わたしらから見たら単なる尻の軽い女って感じだったのね」

だから、彼女の後にはいつも男の屍《かばね》が累々としているのだとサキは言う。

「だって付き合ってるそばから別の男にも手を出しちゃうし」

彼が居酒屋でトイレに行って、帰ってきたら別の男といなくなっていたというようなことまであったらしい。

「だからけっこう、トラブルも多くて。ヨーコ自身、殴られたりしたこともあったのよ。さすがにその後はしばらく大人しくしていたけれど、それでも三ヶ月もしたら、また元に戻っちゃったから」

あまりこれでは危ないと親友が注意することもあったらしいが、そんなとき、彼女は必ず〈わたしは本当の恋がしたいの〉と言い返してきた。

「とにかく本当の、最高の恋がしたいってそれだけ。だから違うと思ったらすぐ別のを探さなけりゃ時間がどんどん過ぎていくし、中途半端な恋愛では絶対に後悔するっていうのが彼女の考えなのね」

絶対にそんな愛なんか見つかるはずがないじゃないと友人たちは当然のことながら呆《あき》れていた。そんな夢みたいなことが叶《かな》うはずないと……。

「ところが暫《しばら》くして彼女、最高のカレを見つけたって言ってきたの」

興奮した彼女の話によると彼はイタリア人とのハーフで貴族の血を引いているというのである。

「おじいちゃんはイタリアにお城を持っているんだって。家の敷地の中に森と川があるなんて言ってたわね」

本人は少女漫画のヒロインにでもなったつもりで目をキラキラさせていた。が、ある日を境にいなくなってしまった。

やっかみも半分あってか、きっと素敵な彼と海外旅行にでも行ったのだろうと誰も大して気にもしないでいた。

ある夜、サキがアパートの部屋でテレビを見ているとチャイムが鳴った。

「誰?」インターフォンに出ると深く帽子を被《かぶ》ったマスクの女が立っていた。

女は〈ヨーコです〉と名乗った。

ドアを開けると女が抱きつき泣きじゃくってきた。とりあえず部屋に入れ、落ち着かせるとヨーコは口を開き始めた。

「ふたりで海外旅行に行ったのね……」

そこは普通のツアー客が訪れることのない会員制の島のようだった。

「従業員はメイドだけがいて、あとは全く人気《ひとけ》がないの」

可哀想《かわいそう》なことにメイドの多くは顔に怪我《けが》をしているのか長い髪で顔を覆っていた。

昼間は海でボートに乗り、泳ぎ、日陰で音楽を聴きながら本を読んで過ごした。そして涙が出るぐらい美しい夕焼けを楽しんだ後は豪華なディナーにワインと、まさに夢のようだったという。

そして四日目の夜、彼女は食後のワインを飲んでいる最中に猛烈な眠気に襲われてしまい、そのまま朝まで眠り込んでしまったのだという。翌日、目を覚ました彼女は奇妙な感触に驚いた。顔全体に包帯がされていた。解《ほど》いてみるといやに顔が厚ぼったく、ぼつぼつ

していた。

彼の姿はなく、驚いた彼女は洗面台に駆け込んだ。しかし、鏡が取り払われていたのだという。

「その島からは鏡がなくなっていたの」

その後、彼が現れたので半狂乱になって彼女が訴えると「昨日、酔って庭で転んで怪我をしたのだ」と説明された。

医者がやってきた。カタコトの日本語で「ナオルマス。ウゴカナイ。ナカナイ」とだけ告げた。

彼女はメイドが自分を見張っているのに気づいたという。

「わたし、ちゃんと確認しようと思って包帯をまた外して触ったの。そしたらありえないところに穴みたいなのがあるし、ぶつぶつみたいなものに触れるのね」

身の危険を感じた彼女は彼に従うふりを始めた。そして「あなたとずっといたいから最後にひとめだけ両親と会いたい」と告げた。彼は考えた末に帰国することを了承し、ふたりは成田に到着した。彼は彼女が海外で整形手術を受けたという申請書を出すと包帯だらけの彼女は再入国することができた。

「わたしは荷物だけもっと後ろも見ずに逃げたの」

その後、彼とは全く連絡がつかなくなったという。

「わたしどうしよう……」ヨーコはサキの前で包帯を外した。

「もうびっくりして声も出なかった……」

包帯を取ったヨーコはもうあの光り輝くような彼女ではなかった。

顔中の皮膚を小さく切られ、穴を空けられた腐った大きな苺《いちご》のような顔が肩の上に乗っているだけだったという。

「きっと、その男ってあんまりにも美人とつきあいすぎて飽きちゃったから、今度は美人をブスにしないと我慢できなくなっちゃったのね」

その後、ヨーコは友人全員と連絡を絶ち、行方がしれなくなってしまった。

トイレ

「もうあれ以来、絶対に公衆トイレが使えなくなってしまったんですよ」

北川さんは高校生のとき、どうしても我慢ができなくなっていつも通る公園の公衆トイレに駆け込んだ。

「まだコンビニでトイレを貸してくれたりする前でね」

用を足していると子猫の声がした。

「みゃーみゃーってね」

ところが突然、それがスイッチを乱暴に切るような音に変わり停《と》まった。

びっくりして身を固くしているとドアの向う側からポンッと落ちてきたものがある。

子猫だった。それは丁度、北川さんの膝《ひざ》の上に載った。

首が引き千切られそうに折れていた。

彼女が悲鳴をあげかけると、また子猫の声がし、「ぶぎゃ」と止《や》んだ。と、投げ込まれた。また首の折れた子猫だった。

子猫は何匹も何匹も殺したてのままで投げ込まれた。彼女は怖ろしさのあまり悲鳴をあげることもできず、ただただ泣き続けた。

気がつくと彼女は子猫の死体に囲まれたまま失神していた。

家に携帯で連絡を取り、迎えに来て貰《もら》ってやっと外に出ることができた。

犯人はいまだに捕まっていない。

それはいいんだよ

「その頃はペダルが重くなるから滅多にライトはつけませんでしたね。だいたい無灯火で走ってました」

マミは高校時代、自転車で駅まで通っていた。

駅から家まではかなり暗い住宅街を抜けなくてはならず、バイトで遅くなるとよく危ないからと叱《しか》られていた。


その夜もバイトで遅くなった。

前方に人が飛び出してきたのは丁度、家が途切れたトラックの駐車場の辺り。

「いきおいよくぶつかっちゃって」

マミも転んだが相手も吹っ飛んだ。

「大丈夫ですか?」駆け寄ると頭からフードをすっぽり被《かぶ》った男が倒れていた。

見ると顔が血塗《ちまみ》れだった。

「もう、びっくりしちゃって」

マミは救急車を呼ぼうと携帯を取りだした。

すると男が「それはいいんだよ」と彼女の携帯を取りあげたという。

「で、その人。自分は大事《おおごと》にしたくないからって。ポケットから裁縫セットを取り出したんです」

そしてマミに頰《ほお》の傷を縫うように指示したのだという。

動転していた彼女は言われるがままに、針に糸を通すと男の裂けた傷口を縫い始めた。

指がヌルヌルと滑り、その感触の気持ち悪さに意識が遠くなりそうだった。

が、こんなところで気絶してしまったらどうなるかわからないと必死になって堪《こら》えた。

「人間の肌って、思った以上に強く突き刺さないと針が奥までいかないんですよ」

暗い電灯の下、小一時間、男の頰を縫い続けた。

終わると男は醜いミミズ腫《ば》れのようになった傷口に触れ、

「アア……イイ。アア……イイ」

と、マミの胸を摑《つか》んできた。

彼女は悲鳴をあげると自転車を放《ほう》り出したまま逃げた。

家に戻り、事情を説明すると両親が警察に連絡した。
が、その男は捕まらず、却《かえ》って無灯火で走ったことをたしなめられたという。
それ以降、マミは自転車通学を止《や》めてしまった。
今でも夜道でフードの男を見かけると足がすくむと、彼女は言った。

「Ｐｏｐｔｅｅｎ」二〇〇八年二月号から二〇〇九年八月号に連載した三十八篇と、本書のために書き下ろした三篇を収録しました。

ハルキ・ホラー文庫 H-ひ 1-15

隣《りん》人《じん》悪《あく》夢《む》 怖《こわ》い人《ひと》②

著者 平《ひら》山《やま》夢《ゆめ》明《あき》

2009年7月18日第一刷発行

発行者 大杉明彦

発行所 株式会社角川春樹事務所

〒101-0051東京都千代田区神田神保町3-27 二葉第1ビル

電話 03(3263)5247[編集] 03(3263)5881[営業]

印刷・製本 中央精版印刷株式会社

フォーマット・デザイン 芦澤泰偉+五十嵐 徹

シンボルマーク 西口司郎

ISBN978-4-7584-3421-8 C0193

http://www.kadokawaharuki.co.jp/[営業]
fanmail@kadokawaharuki.co.jp[編集]
ご意見・ご感想をお寄せください。

ハルキ・ホラー文庫

平山夢明
メルキオールの惨劇
書き下ろし

人の不幸をコレクションする男の依頼を受けた「俺」は、自分の子供の首を切断した女の調査に赴く。懲役を終えて、残された二人の息子と暮らすその女に近づいた「俺」は、その家族の異様さに目をみはる。いまだに発見されていない子供の頭がい骨、二人の息子の隠された秘密、メルキオールの謎……。そこには、もはや後戻りのきかない闇が黒々と口をあけて待っていた。ホラー小説の歴史を変える傑作の誕生！

平山夢明
東京伝説 呪われた街の怖い話
新装版

〝ぬるい怖さ〟は、もういらない。今や、枕元に深夜立っている白い影よりも、サバイバルナイフを口にくわえながらベランダに立っている影のほうが確実に怖い時代なのである。本書は、記憶のミスや執拗な復讐、通り魔や変質者、強迫観念や妄想が引き起こす怖くて奇妙な四十八話の悪夢が、ぎっしりとつまっている。現実と噂の怪しい境界から漏れだした毒は、必ずや、読む者の脳髄を震えさせるであろう。

［解説　春日武彦］

ハルキ・ホラー文庫

平山夢明
怖い本❶

祭りの夜の留守番、裏路地の影、深夜の電話、風呂場からの呼び声、エレベータの同乗者、腐臭のする廃墟、ある儀式を必要とする劇場、墓地を飲み込んだマンション、貰った人形……。ある人は平然と、ある人は背後を頻りに気にしながら、「実は……」と口を開いてくれた。その実話を、恐怖体験コレクターの著者が厳選。日常の虚を突くような生の人間が味わった恐怖譚の数々を、存分にご賞味いただきたい。

平山夢明
怖い本❷

いままで、怖い体験をしたことがないから、これからも大丈夫だろう。誰もが、そう思っている。実際に怖い体験をするまでは……。人は出会ったことのない恐怖に遭遇すると、驚くほど、場違いな行動をとる。事の重大さを認識するのは、しばらくたってからである。恐怖体験コレクターは、そのプロセスを「恐怖の熟成」と呼ぶ。怪しい芳香を放つまでに熟成した怖い話ばかりを厳選した本書を、存分にご賞味いただきたい。

ハルキ・ホラー文庫

文庫オリジナル

平山夢明

怖い人❶

幽霊よりも身近で、怨霊よりも執念深いモノ。それは身近にいる恐るべき隣人たちです。酒乱の元ヤンキーが起こす深夜の暴力、カルト宗教信者からの執拗な勧誘、あなたを昼夜見つめる知人のストーカー行為、美容整形に同伴を頼む友人との交遊……。霊界に近寄らずとも平穏を脅かす恐怖に日常生活は包まれている！「Ｐｏｐｔｅｅｎ」連載分と、本書のために書き下ろされたとっておきの短編を収録した、超恐怖体験の一冊。あなたはもう誰も信じられない。